Annerose Schlesinger

Mit elf Jahren erwachsen
Breslau, eine Stadt entsorgt ihre Kinder

Alle Rechte liegen bei der Autorin

Erste Auflage 1995
Seniorenverlag Waldkirch

Herstellung und Verlag:
B o D Books on Demand GmbH
Norderstedt

I S B N - N r : 3 - 8334 - 3084 - 2

Für Isabel

Wo dir Gottes Sonne zuerst schien; wo dir
die Sterne des Himmels zuerst leuchteten;
wo seine Blitze dir zuerst seine Allmacht
offenbarten und seine Sturmwinde dir mit
heiligem Schrecken durch die Seele
brauste: da ist deine Liebe ...

(E.M.Arnd)

I n h a l t

Kapitel

Seite

I n h a l t

Kapitel   Seite

1. Kapitel: Der Aufbruch –
oder das Ende des Gehorsams

Wenn Mama gewußt hätte, daß wir in unser schönes Breslau, auf unsere herrliche Dominsel, in unsere hübsche Wohnung gegenüber dem Botani-schen Garten nicht zurückkommen, niemand hätte sie lebend von dort vertreiben können. Mama war eine Kämpfernatur. Es mußte viel geschehen, ehe sie aufgab, dabei war sie von zartem Körperbau und schwachen Nerven. Es waren ihre moralischen Kräfte, die ihr immer wieder die Richtung für ihren kämpferischen Einsatz wiesen. Heute bewundere ich sie, obgleich ich in der Kindheit oft Wut, gelegentlich sogar Haß, gegen sie empfand.

Das letzte Jahr in Breslau war für mich das beste. Schulfrei hieß das Zauberwort. Man soll von uns nicht glauben, daß wir gerne in die Schule gingen, jedenfalls damals noch nicht. Das kam erst später nach dem Krieg, mit Wegfall der Rohrstöcke als wesentliche Lern- und Lehrmittel. Warum keine Schule, so genau sagte man das nicht, aus Sparsamkeitsgründen oder weil man die Verschickung der Kinder auf das Land wollte – Vorbeugung gegen zu erwartende Luftangriffe. Auch meine Schwester Eva und ich sollten evakuiert werden. Keine Evakuierung – keine Schule. Damit wollte man Mama überzeugen, sich von uns zu trennen. "Na und", sprach sie, "dann werde ich meine Kinder eben selber unterrichten." Welch glorreiche Entscheidung für uns. Die Verschickung wurde vielen zum Verhängnis. Durch folgende Kriegsereignisse verloren sich Angehörige oft für Jahre, manche für immer.

Ihr Weiterbildungsprogramm fiel Gott sei Dank recht dünn aus und wurde fortgesetzt schlanker. In den Abendstunden, meine Augen schon von Sandmännchen überfallen, fühlte sie sich am entspannte- sten für die Weitergabe tiefschürfender Erkenntnisse-. Nicht selten war sie dann entsetzt von meiner geringen Auffassungsgabe. Englisch und Kurzschrift standen im Mittelpunkt unseres Gehirnjoggings. Was sie sich nur dabei gedacht hat? Hoffte sie ernstlich, daß mir eine Fremdsprache locker unter die Haut geht, nachdem sie sich gründlich davon überzeugen konnte, daß ich Mühe hatte, die deutsche Rechtschreibung in meinen Kopf zu bekommen.

Beim Üben von Kurzschrift mit all den fürchterlichen Kürzeln setzte bei mir haltloses Gähnen ein. Für eine Elfjährige, die soeben gelernt hat, drei Sätze Muttersprache, fein säuberlich, ohne Tintenkleckse, auf das Papier zu bringen, ist schwer einzusehen, warum sie flink wie ein Weltmeister schreiben soll.

Mama hielt sehr viel von Bildung. Schon Großmutter hatte Sehnsucht danach. Luxusgedanken diesbezüglich kamen ihr, wenn sie am Waschbrett stand und für ihre sechs Töchter die baumwollspitzenbesetzten Unterröcke schrubbte – denn man muß wissen, ein Waschbrett ist ein vorzügliches Hilfsmittel, Erkenntnis von den Händen, aus dem Rücken, von den müden Füßen in den Kopf zu tragen.

Die guten Vorsätze unserer Lehrmeisterin ermüdeten schneller, als ich zu hoffen wagte.

Das Bächlein auf meine Schwester und mich gerichteter Entfaltungswünsche versickerte. Der Krieg, die Trennung von Papa, nachts Fliegeralarm trugen dazu bei. Und so blieb vorerst verschlossen, was sie einst hoffte, zur wahren Blütenpracht zu treiben. Richtig, als ich später zu meinem guten Lehrer Mischke kam, was ein durch nichts zu übertreffendes Glück für mich war, zeigte mein erster Aufsatz zweiundvierzig stolze rote Balken im Kreativen.

Mit nachlassender Geduld meiner damals noch wenig mütterlichen Verwandten ersten Grades, der Ehefrau meines fernweilenden, über alles geliebten Vaters, wechselten wir vom "Schuleschieben" zu einer anderen Beschäftigung: "Kartenklopfen"! Jetzt hatten wir Spaß. Nach dem Krieg war allerdings wenig damit anzufangen, daß ich im zarten Alter schon Herr der bekanntesten Kartenspiele, einschließlich Skat, war.

Mama war eine leidenschaftliche Skatspielerin. "Schulen wir die Aufmerksamkeit", sagte sie, "und Rechnen lernen wir dabei auch." Damit hatte sie wohl recht behalten. Trotz zwei Jahren Schulausfall war ich die schnellste Rechnerin in der Klasse; Dreisatz und Prozente wie im Schlaf erworben. Mit Schwester Eva war das nicht anders, die Kleinste in der Klasse, aber ein mathematisches Schwergewicht. Zweifel, daß unser Talent allein vom Skatklopfen kam, sind erlaubt. Immerhin konnten schon Mama und Papa sagenhaft gut mit Zahlen jonglieren, womit sie sich manchmal allerdings auch gegennseitig bedrängt haben, wenn die Haushaltskasse nicht stimmte.

Freier und damit schöner wurde mein Leben. Mit Herannahen der Kriegsfront gingen nicht nur alle Beschulungsabsichten gnadenlos hops, noch etwas anderes bröckelte wunderbar, das waren alle Bestrebungen, aus mir ein heute längst ausgelaufenes aber damals hoch im Kurs stehendes Supermodell eines braven Kindes zu machen. Mama liebte das Wort "Parieren" – wer es sich zu eigen machte, hatte den Königsweg zu ihrem Herzen gefunden; sie richtete allen Ehrgeiz darauf, daß meine Schwester Eva und ich eine rechte Vorstellung davon bekamen. Wieviel Tränen und Schmerzen das gekostet hat, kann man sich wohl denken. Gehorchen auf das Wort, einen Augenaufschlag, einen Tonfall, ein Hüsteln. Donnerwetter, wie war es nur möglich, würde man heute sagen.

Meine Schwester Eva, die war ein Genie im Erobern von Mamas Gunst. Für mich war der Weg mehr als steinig. Jetzt Mama nicht wiederzuerkennen, vorbei ihr erzieherischer Fleiß. Ihre Aufmerksamkeit, ihr Blick wie in eine andere Welt gerichtet, himmlisch abgezogen von mir. Parieren, das hat niemand so gerne, fröhlich befreite ich mich davon. Endlich konnte ich die Freiheit leben, von der ich immer geträumt hatte. Als Höhepunkt der Befreiung, von allen auf mich gerichteten erzieherischen Bestrebungen, erlebte ich die Flucht aus Breslau. Wahrhaftig, ich kann mich an keine saftige Ohrfeige erinnern, die Mama mit so leichter Hand zu geben verstand, die ich während der Flucht bekommen hätte. Heißa, jetzt wurde alles anders!

Am Gneisenau-Platz, einem Verkehrsknotenpunkt nahe der Dominsel, stromerte ich gerade herum, als die Schicksalsnachricht durch den Lautsprecher kam: Mütter mit Kindern haben die Stadt zu verlassen. Breslau wird zur Festung erklärt. Für den geordneten Abtransport sorgen die Ortsgruppen der NSDAP. Keiner soll hungern, keiner soll frieren! –

Frauen und Kinder? Himmel-Herrgott, das waren ja wir! Ich beeilte mich, die Botschaft nach Hause zu tragen. Die Tür sperrangelweit auf, die Nachbarin bei uns, eine große, grauhaarige Dame im vorgerückten Alter, lieb und sanft, leider ein unangenehmes Leiden, ständig tropfte ihr die Nase, weshalb uns ihr Kuchen arge Probleme machte. Mama wußte schon Bescheid. Ihr Gesicht starr und bleich auf mich gerichtet. Weil ich von draußen kam, trug sie irgend eine seltsame Erwartung an mich heran. Ihr Blick unsinnig nach Hoffnung und Zuversicht bohrend. Das letzte Mal habe ich sie so gesehen, als ihr Bruder blutjung in Rußland an einer Kriegsverletzung starb. Mein Angetansein vom Aufbruch in die Welt, und das war es ja für mich, war hier besser zu verbergen. Ein frontaler Zusammenstoß so gegensätzlicher Befindlichkeiten kann ein Unglück hochbeschwören. Selbst eine Kostprobe von ihren Ohrfeigen wäre dann vielleicht wieder einmal fällig gewesen.

Packen: "Viel brauchen wir nicht mitnehmen", glaubt Mama, "wir sind ohnehin bald wieder hier." Für sie den Rucksack, in den Vortagen aus einer grünen Baumwollbettdecke genäht.

11

An Flucht hatte sie dabei nicht gedacht. Sie liebte ihre Nähmaschine, warum nicht mal einen Rucksack basteln. Ja, so ist das, manchmal wissen die Hände mehr als der Kopf, und wie von einer fremden Macht gelenkt, organisiert sich der Mensch in Erwartung einer Gefahr. Wie gut, jetzt hatten wir ihn! Mama konnte nämlich keinen Koffer tragen. Ihr linker Arm, sonst ihr kräftigster, gerade mal ein paar Tage aus dem Gipsverband. – Gleich anfangs des strengen Winters, beim Kohle holen mit dem Schlitten, ausgerutscht, Arm gebrochen. –

In den Rucksack die weiche Kamelhaardecke, schon war er aufgebläht wie ein kranker Bauch. Zweimal Leibwäsche für Mama und Strümpfe, auch die funkelnagelneuen Badeanzüge stopften wir noch rein. Vollkommener Unsinn? Nein, die ersten überwältigenden Gefühle nach dem Krieg waren Badefreuden. Die Flüsse waren ja Gottlob noch sauber. Für mich und Eva die Schulranzen mit Leibwäsche und. Strümpfen, keine Fotografie, kein Schmuckstück, nicht mal die Kreuzlein von unserer Ersten heiligen Kommunion – die waren doch wohl zu Hause besser aufgehoben. Nun hatte auch ich Zweifel, daß die Reise eine weite wird.

Gleich nach dem Packen zum Hauptbahnhof. Sich dreimal versichern, ob in der Wohnung alles stimmt. Gas weg, Lichtschalter aus, Fenster fest verschlossen, Rollos runter. Im Geleit von Mamas still dahin rollenden Tränen zur Straßenbahn; voll war die! Koffer, Rucksäcke, Menschen, hustend, niesend, schnaubend, abscheulich nach Knoblauch stinkende, Kinder eingezwängt zwischen Gepäckstücken, düster lächelnd, glaubten doch manche im letzten Moment, die halbe Wohnungseinrichtung aus Breslau herausschleppen zu können, in den Händen, auf dem Buckel, vor dem Bauch oder sonst womit, kraft eines befremdenden Trotzes. Jetzt fühlten wir uns überlegen mit unserem Leichtgepäck, nicht mehr am Bahnhof; die Aussicht, dort Schaden zu erleiden, war weit größer, als einen Platz in irgend einem Zug zu erwischen. Vor uns ein brodelndes Menschengewühl, schreiend, brüllend, stoßend, angstbesessen, nicht vorwärts noch rückwärts könnend; jeder einem jeden Gefahr, eine von Selbsterhaltungstrieben in Gang gesetzte gewaltige Zerquetschmaschinerie, in der es Tote gab, wie wir später hörten.

Wir kehrten um. So kam es, daß uns Großvater am nächsten Tag dort fand, wo er uns wie immer vermutete, in unserer hübschen Wohnung auf der Dominsel, gegenüber dem Botanischen Garten, neben dem Johannesheim, wo wir unseren Religionsunterricht und die Hoffnung auf ein schönes Jenseits bekamen. "Ihr habt ja schon gepackt", sagte er völlig überrascht. "Na ja", antwortete Mama verlegen, "man kann ja ni' wissen, am Ende holen sie uns raus aus der Wohnung." Kein Wort darüber, daß wir Großvater beinahe zurückgelassen hätten.

Während Mama kochte, wollte er seinen Koffer holen. Neu erwacht mein Eifer, die Welt zu erobern. "Ich gehe mit dir, Großvater!" Durch das Klößeltor, gegenüber vom Dom mit der dicken Steinkugel darauf, zum Domplatz, von dort zum Waschteich, ein herrlicher Tummelplatz für Kinder, welche Schlittschuhe haben (wir hatten keine, kriegsbedingt), von da zur Kospotstraße. Dort hat Großvater eine moderne Wohnung mit Bad und Steinboden in der Küche. Das ganze Leben viel arbeiten, dann bekommt man sie.

In einen kleinen Koffer die Silberbestecke, feingebügelte Unterwäsche, zwei Schlafanzüge und das Kochgeschirr aus dem ersten Weltkrieg, weil uns das noch gute Dienste leisten kann. Er sollte Recht behalten. Als wir später sechsunddreißig Stunden mit vielen anderen Menschen zusammen in einem Viehwagen kampierten, ging es als Pissoir von Hand zu Hand.

Mittagbrot! Hinterschlingen, das ist meine Art. Erst danach merkte ich, daß Mama und Großvater zum Sterben langatmig kauten, die Kartoffeln auf dem Teller ewig lange zu einem Brei manschten. Von Eva kannte ich das, bei ihr war das ständiger Eßboykott.

Endlich war der Aufbruch da. Schnürschuhe zu, die Sonntagsmäntel an, genäht aus dünnem Wollstoff, gekauft auf Punktekarte, am Ellbogen waren sie bald durchgeschabt, die Zipfelmütze auf, auch aus Stoff genäht, Schulranzen und Rucksack über, Sicherheitsschloß rumgedreht; los ging es. Richtig, Mama war viel zu klein für das mächtige grüne Bündel. Wie ein aufgeblähtes Laubfroschungetüm hockte das auf ihr. Die Haut des Ungetümes sah von der Sonne verschossen aus. Frosch und Mama wurden in den nächsten Wochen und Monaten zu Siamesischen Zwillingen.

Der Rucksack, über viele Straßen getragen, auf Lastautos und in Viehwagen zum Sitzen, auf Strohlagern als Kopfkissen, wenn die Kamelhaardecke raus war.

Denke ich an Mama in dieser Zeit, sehe ich eine kleine zarte Frau, gerade mal sechsunddreißig, deren schönes braunes Haar sich husch aschgrau färbt und an der ein Mammutbuckel aus verbrämten Baumwollstoff hängt. Vor dieser Person habe ich alle Angst verloren. Es ist wahr, früher hatte ich sehr viel Angst vor ihr. Sie hatte alles, womit einem Kind Respekt beizubringen war, die bereits erwähnte lockere Hand, es war die linke, mit der Mama selber in der Kindheit Probleme hatte. Ein Augenrollen, von dem du annehmen konntest, es würde alle deine Hoffnungen und Wünsche sofort und auf der Stelle niederwalzen, eine eisenharte Stimme, welche bessere Rippenstöße geben konnte, als es ihre kleinen Fäuste je vermocht haben. Die Angst meiner frühen Jahre auf und davon. Der Frau mit dem Froschbuckel aller Erziehungseifer abhanden gekommen, eine zahme Soldatin, der man die Waffen aus der Hand geschlagen hat und aus der ein unbekanntes Etwas nach Hilfe schrie.

Wir gingen zum Gneisenau-Platz, zur Sammelstelle für den "geordneten Abtransport." Mittagsonne auf silber-weiß dichtem Teppich bis zur Kreuzkirche, dann eine festgetretene, sich eindunkelnde Schneespur nach Irgendwo.

2. Kapitel: Der geordnete Abtransport – oder Papa hat schöne Ohren

Oft bin ich ihn gegangen, den Weg zwischen Göppertstraße neun und der Kreuzkirche, zur Schule und zum Kindergottesdienst, Sonntag viertel zehn bei Kaplan Hahnelt, den wir gerne hatten. Weit ab vom Straßenlärm willst du nicht glauben, daß hier Großstadt ist. Stille, für ein Kind fast beunruhigende Stille. Wenigstens am Abend rennst du die einsame Straße schon einmal wie in einem Atemzug runter. Am Klößeltor, wo es nicht weniger einsam ist, habe ich die Erfahrung gemacht, daß Davonlaufen goldrichtig sein kann. – Kurz vor Ladenschluß, Brotholen! Ein Mann kam mir entgegen, der hatte etwas Schönes für mich. Er wollte es mir gerne zeigen. Mein Interesse am Schönen war aber leider viel schwächer, als mein Entsetzen vor seinem großen Puller.

Am Tage kann ich schon von weiter Ferne das große Fenster unserer Stube im dritten Stock sehen; näherkommend erkenne ich auch Mama hinter dem Scheibenglas, die Gardine zurückgezogen. Ihr heftiges Winken sagt mir, das Essen steht auf dem Tisch.

Im Herbst wechsle ich dann die Straßenseite, dort wippt ein Haselnußbaum einen Teil seiner Äste über einen hohen Eisenzaun. Nicht wichtig, daß ich ein paar Früchte finde, allein die Hoffnung macht mich heiter, und ich schwanke nicht einen Moment zwischen Mittagbrot und Pfadfinderstimmung, nicht einen Moment zwischen Selbstbehauptungsstrategie und dem Stirnrunzeln meiner Lebensdirigentin.

Im Winter ist es der Schnee, den ich, meine Schritte hinauszögernd, mit dem rechten Arm von einer Balustrade hole. Im Frühjahr sind es die satten grünen Sträucher oberhalb des Weges, die mich von den heranholenden Gesten der Winkenden abziehen. Solange ich nur ahne, daß Zufriedenheit über mein Auftauchen sie bewegt, ihr Zorn noch an der Kette liegt, genieße ich aus vollen Zügen meinen kleinen Exkurs. Im Frühling macht das am meisten Sinn. Mit dem jungen Blattgrün verliebt, verlobt, verheiratet spielen. Bin ich verliebt, zieht ein Hauch von Glück in mich ein. Ehrlich, ich weiß gar nicht, was das ist "verliebt". "Liebe" – ja, das sind die Schmerzen in der Brust, wenn einer weit fort ist, den du magst, mit Papa mache ich solche Erfahrung. Tod macht Liebe ausweglos – unser Helmut in Rußland gefallen, das überwindet man nie.

Am Fluchttag aus Breslau ist es Mama, die wie ein säumiges Schulkind den Weg bis zur Kreuzkirche in die Länge zieht. Keinen Sinn für Vorwärts. Alle paar Schritte stehenbleiben, zurückgucken zum Stubenfenster. Stehenbleiben, gucken, nicht weiterwollen; leises, doch deutlich vernehmbares Seufzen. Ihre Tränen hat sie wohl gestern schon alle von sich geweint. Kein Wunder, daß auch unsere Schritte schwerer werden.

Die Umguckerei, die kein Ende nehmen will, die sie (auch wegen des Gepäckes) körperlich unnötig beansprucht, läßt uns den Ausbruch einer ihrer Asthmaanfälle befürchten.

17

Schon zeigt sich Kurzatmigkeit und wie mir scheint, eine blaßbläuliche Verfärbung ihrer Lippen. Die Frage nach der Haltbarkeit ihres Entschlusses wird laut. Die Trennung von Daheim, kann sie das aushalten, oder werden schon im nächsten Moment Hinnahme und Geduld in einem Sturzbach von Tränen enden. Eine unberechenbare Wut könnte dann schnell ihre Stelle einnehmen und gefaßte Entschlüsse blitzschnell platzen lassen. Spekulative Auftritte, wie abgebrochene Ausflüge, stillgelegte Feste, abgesagte Verwandtenbesuche, gestrichene Geburtstage nichts Neues bei ihr. Jähzorn, wie ein schwarzer Panther kann er sie anfallen.

Machtlos sind wir dagegen, dabeistehen und abwarten, daß es vorübergeht, Eva angstzitternd, ich mein Erschrockensein in einem dümmlichen Lächeln verbergend. Nichteingreifen, die beste Metho- de. Schwer fällt das, wenn Wünsche im Sturmwind davongetragen werden.

Das Rucksackungetüm wieder und wieder der Kirche zugewandt, das bleiche kränkliche Gesicht dem Stubenfenster. Immer bangen, daß die Reise rückwärts geht. Großvater ist der erste, der den Gedanken an Weitergehen neu überlegt. "Die Silberbestecke, ma' hätte sie doch lieber zu Hause lassen sollen." Seine Schwäche ist es, für Mama ein ausgezeichneter Stichpunktgeber zu sein. Jäh stoppt sie ihre Schritte, spannungsgeladene Sekunden. Sie gehen folgenlos vorüber. Der Angelhaken, den Großvater ihr zuwarf, bedeutungslos. "Wie denn? Du hast sie mitgenommen?" Das ist alles, was sie von sich gibt. "Silber, das behält seinen Wert und Muttel hat daran gehangen." – Sieh mal an, seine

Worte erinnern mich an etwas, auf den Friedhof nach Zimpeln brauchen wir jetzt auch nicht mehr jeden Sonntag marschieren, sehen, ob es der Fettenhenne auf Großmutters Grab gut geht. Weit nach Zimpeln. Im Sommer bei dreißig Grad im Schatten, einziger Trost das Kuchenpaket. Eva und ich durften es abwechselnd tragen, vor- sichtig, damit den Butterstreuseln ja kein Leid geschah.

An der Kreuzkirche erleichtert aufatmen, das Fenster, durch das Mama am liebsten zurückgefallen wäre, außer Sicht. Die Straßenbahn am Gneisenau-Platz überraschend leer. Nanu, wo sie gestern noch überlief. Sie fährt nicht in Richtung Bahnhof, deshalb! Männer mit Armbinden helfen uns beim Einsteigen; ruckzuck geht das. Auch ohne Helfende wäre da keine Mühe zu vermelden, selbst nicht für Mama. Dafür hat sie doch nur den Rucksack; überhaupt kann sie es nicht leiden, wenn ihr fremde Männer unter die Arme greifen. Vier Plätze dicht beieinander, das ist meine Sache. Wenn es um Schnelligkeit geht, bin ich überall die erste. Das war schon in der Spielschule so, bei den katholischen Schwestern Scheitniger Straße.

Angenehm warm in der Bahn. Wärme schafft Zuversicht, das ist es, was wir brauchen, vor allem was Mama braucht. "Deine Fenster, Vatel, muß ich auch mal wieder putzen", sagt sie. Den Trennungsschmerz aushalten, indem man sich nicht trennt, das geht. "Laß nur erst mal die Frühjahrssonne raus sein, Käti." Offensichtlich ist der Großvater mit von der Partie. – Für ihn war ein Leben ohne Breslau noch weniger denkbar als für uns. Sofort nach der Kapitulation trat er die Rückreiseaus dem Flüchtlingslager Markneukirchen an.

Er ist nur bis Zwickau gekommen. Völlig erschöpft, am Verhungern wurde er dort von einem Fremden auf dem Bahnhof aufgefunden und ins Krankenhaus gebracht, wo er an einer Lungenentzündung starb. Viele Stunden hatte er vorher auf einem Bahnsteig vergeblich auf einen Zug gewartet.

Großvater hatte sieben Kinder, zwölf Enkel. Sein einziger Sohn, Helmut, in Rußland 1943 gefallen. Von seinen sechs Töchtern stand Mama ihm am nächsten. Seit Großmutters Tod waren Großvater, Helmut und wir eine Familie. Helmut, Mamas jüngster Bruder, ein Nachkömmling, deshalb dem Erleben nach, mehr Evas und mein Bruder.

Als Eva viele Jahre später als Touristin nach Breslau kam, war sie in Großvaters früherer Wohngegend. Das Haus, in dem er alt werden wollte, hatte die Festungszeit einwandfrei überstanden. Über Zigarettenkippen im Hauskorridor ärgerte sich Eva. Das kann ich gut verstehen, mir wäre es nicht anders gegangen. Im Innenhof nach dem Goldfischteich hat sie nicht gesehen. Als die letzten Fischlein drinnen schwammen, hatte ich Mühe, über die hohe, breite Steinbrüstung zu sehen. Hochziehen, knieaufschürfen, draufsetzen, dann sah ich sie fröhlich paddeln.

Kein Mensch denkt an Endhaltestelle. So eine richtige Stadtrundfahrtstimmung will aufkommen bis zu dem Zeitpunkt, wo wir schamlos zwischen Schneebergen ausgekippt werden – schmutzgesprenkelte weiße Berge am Straßenrand. Berge hoch, hoch!

Wahrhaftig, so gewaltige, zusammengeschippte Schneemassen habe ich seit meiner Kindheit nicht mehr gesehen. Die leere Straßenbahn, ein trostloser Anblick, pendelt sofort zurück, mehr und mehr Volksgenossen den geordneten Abtransport in die Schneewüste vor der Stadt zu ermöglichen.

Menschen, Menschen, noch mehr Gepäck. Große und kleine Pappmascheekoffer, Kriegsware, zerschunden, zerkratzt, mit häßlichen Aufklebern, Rucksäcke vollgepackte Kinderwagen mit Babys unter Bettenbergen oder mit daneben trippelndem Nachwuchs. Auffällig, eilig zusammengenähte Säcke aus Bettüchern oder anderem Baumwollzeug, vollgestopft zu bauchigen Walzen, liegende, stehende, manchmal mehrere neben oder aufeinander, bedroht vom Weitertransport ausgeschlossen zu sein. Nicht aus den Augen gelassen von ihren Besitzern – die äußere Ähnlichkeit läßt Verwechselung zu – , werden sie dennoch im Straßengraben enden. Die nachrückenden Polen können statt Nüsse verschimmelte Betten, Höschen, Kinderleibchen und andere nicht mehr nützliche Dinge von dort aufsammeln.

Die eben Angekommenen noch wärmedampfend, sehen sich vergeblich nach Weitertransport um. Anschluß an irre frierende Volksgenossen. Dreißig Grad unter Null, eine Temperatur, wie wir sie heute kaum noch kennen. Unter denen, die schon länger hier sind, Murren und Schimpfen, hinter vorgehaltener Hand. "Vorsicht Feind hört mit!"

Deutschland hat viele Feinde, das weiß schon jedes Kind. Der "Bolschewist" ist einer davon. Anfang des Rußlandkrieges an Litfaßsäulen und Anschlagwänden zu sehen. Groß, wie zwei Kerle übereinander, streckt er seine gewaltigen Tatzen nach Deutschland aus, affenartig seine Gesichtszüge, brutal sein Blick. Ein Glück, daß ich schon lesen konnte: "Krieg oder Bolschewismus", stand auf dem Plakat. Sofort habe ich mich für Krieg entschieden. Von der Hauswand Scheitniger Straße zwei, schräg gegenüber vom Josephstift, grinste mich das Monster haßerfüllt an. Auf dem Weg zum Gemüsehändler Janetzki, dessen Tochter meine Schulfreundin war, hatte ich ausreichend Gelegenheit, ihm meine Verachtung zu zeigen.

Mit Lastautos soll es weitergehen, wenn überhaupt, oben offen ohne Plane, was sonst, die Letzten sind vor einer halben Stunde hier fortgekommen, es geht der Reihe nach, weil hier Ordnung ist. Alle sind verantwortlich, ohne Verantwortung kein geordneter Abtransport. – Ordnung, das Festhalten an einer Hoffnung; den Teufel würde ich mich darum scheren, auf den nächsten Laster wäre ich drauf, aber da sind Mama, Großvater und Eva.

Ein Laster kommt langsam rangetuckelt, ein abgewrackter schäbiger Kasten. Keine blasse Vorstellung heute, von dem, was damals auf Rädern fuhr. Häßliche schwere Großraumkisten, zu öffnen durch Hinter- oder Seitenklappen, die mit rostigen Eisenriegeln verschlossen waren, schepperten altersschwach, stinkend, krachmachend – die jüngeren waren ja im Fronteinsatz – durch die wenig befahrenen, schalloffenen Straßen der Kriegsstädte.

Einmal ist mir die Seitenklappe eines Fahrzeuges auf den Rücken gefallen, selber schuld, weil ich eine Nase habe, die ich überall reinstecken muß. Papa war starr vor Entsetzen, er meinte, das hätte mir das Kreuz zerschlagen können. Aber es war nur ein riesengroßer, blaugrüner Fleck. Meine Schwester Eva, die nie Ähnliches, auch nicht im Kleinformat, aufzuweisen hatte, war ganz begierig darauf, ihn immer wieder anzustaunen. "Vom Pferd getreten werden, genauso könnte das aussehen!"

Wenn sie bei dieser ihrer verwaschenen Rede den Daumen aus dem Mund genommen hätte, vielleicht hätte ich sie dann weniger dafür gehaßt. Eva hatte wahnsinnige Angst vor Pferden, der Bogen, welchen sie darum machte, hat ihr manchmal einen doppelten Schulmarsch beschert.

"Was soll nur werden?" Großvater schaut auf seine Taschenuhr, die ein Erbstück für mich, für Eva, immer im Wechsel für uns beide, werden könnte. Leises Ticken, viele Steine und aus Gold ist sie. Er hat sie mir oft ans Ohr gehalten. "Wahrhaftig Großvatel, leise, leise tickt sie", staunte ich. Später wird er sie für ein ganzes Brot umtauschen. Leiseticken hat keine Bedeutung, wenn der Magen laut knurrt. Auf die Uhr schauen, das braucht Großvater, damit er uns sagen kann, daß wir hier lange nicht wegkommen. Zu viele Menschen, die das wollen, und Straßenbahnen quietschen mit weiteren daher. Anhalten, auskippen, zurückfahren, einladen, raus aus der Stadt, die Festung werden soll.

Mit wenig Gepäck wäre das wie auf einer Wall-
fahrt. Im letzten Sommer haben wir eine in das
schlesische Wartha gemacht. Du liebe Zeit, du
glaubst es nicht, mit einem Schwarm von Gläubigen
das niedergelegene Strohlager teilen. Das einzige
Klo immer belagert, weil der Spinat auf Lebens-
mittelkarte – fünfzig Gramm Brotmarken – das
Wasser treibt. In einen Ausguß im Korridor urinieren – nur mit Hilfe zu erklettern, weil er wie ein
Brotkorb, den man nicht erreichen soll, zu weit
oben hängt. "Schöne Schweinerei", empörte sich
Mama, "nie wieder, beten können wir auch zu
Hause."

Alles trippelt, stampft, schlägt die Hacken zusammen, bloß keine kalten Füße und um Himmelswillen keine Blasenentzündung kriegen. Das hatte ich
gerade, weil ich eine verdammte Rumtreiberin bin
und keine Grenzen kenne. Ein Schiff aus Schnee
habe ich mir gebaut, Bänke drinnen. Bis in den
Abend war ich schwer beschäftigt. Reinsetzen –
Hintern kalt, schon war es da, so ein gemeines
Brennen beim Pullern. Da hilft nur über Kartoffel-
dampf setzen.

"Mit der nächsten Bahn zurück", schlägt Mama vor.
Das haben andere auch schon gedacht, aber mit
Kindern? "Wenigstens du könntest es jetzt in deiner Wohnung gut haben, Vatel, was soll dir der
Russe tun?" Großvater weiß für Mama keine Antwort. Die kommt von einer anderen Ecke. "Sich
vom Volkssturm drücken, das wird's sein."

Nichts Bemerkenswertes am Gesicht der Reden-
den, vielleicht eine Spur zu rund, das einer Fünfzig-

Wasserstoffblonde Haarzipfel lugen aus einer herrlich warmen Pudelmütze. "Hören sie mal, mein
Vater ist über siebzig", antwortet Mama ungehalten. "Das kann jeder behaupten", wird weiter
gegiftet. "Ihnen jedenfalls würde man es glauben."
Die Ohrfeige hat gesessen. Unter der Pudelmütze
kein Laut mehr. Eins steht fest, wer sich mit Mama
anlegt, kann schnell den Kürzeren ziehen, und
dann bin ich immer stolz auf sie. Dem Wasserstoff-
bomber ist auch ganz bestimmt nicht ihr Augen-
blitz-Donnerwetter entgangen. Wer es zu sehen
bekommt, fühlt sich gleichmal ein bißchen zum
Tode verdammt. Ich weiß, wovon ich spreche.

Viele kleine Jungen und Mädchen hier, manche
wie Schmetterlingskokons eingemummt, weniger
kleidungsbeengte laufen zu den hohen Schneebergen, werden aber von ihren Müttern sofort zum
Gepäck zurückbeordert. Überflüssige Verlustangst
macht unbewegliche, an Koffern und Säcken haf-
tende, Puppen aus ihnen. Der Frost kann so richtig
zubeißen.

Stehen, stehen, warten brav in der Menschen-
schlange, die sich schleppend langsam Glied um
Glied verkürzt, bis wir das Kopfteil sind. Auf den
Laster turnen, für ein bewegliches Kind kein
Problem. Mama samt Rucksack draufgehieft von
starken Männern. Wo die herkommen, möchte sie
gern wissen. Großvater sagt es ihr, nach dem er
sich von seinen Knien erhoben hat, auf denen er
gelandet war, "frontuntauglich".

Eva findet es gar nicht so schlecht, auf dem Bücherranzen zu sitzen; ihr zerkauter Daumen ist schon dort, wo er immer ist, großes Mädchen sollte sich schämen. Wen kümmert's, Eva am wenigsten. Großvater nimmt seinen Koffer auch unter den Po, lange genug gestanden. Mama muß angestrengt überlegen: Kamelhaardecke raus aus dem Rucksack oder wieder rein mit ihr. Ohne Decke sieht er wie ein zusammengefallener Hefekuchen aus. – Ohne, kann sie nicht sitzen, sie gehört rein, also rein mit ihr. "Die warme Decke, schlecht wär' se' ni' übers Knie", meint Großvater. "Warme Unterhosen hast'e hoffentlich ni' vergessen?" Schon sitzt Mama auf dem Rucksackungetüm.

Schweidnitz, im Naherholungsraum von Breslau, wir brauchen mehr als vier Stunden dahin. Verstopft die Straßen, zu wie der Himmelsweg für die Reichen, kaum ein Nadelöhr. Mit Leiterwagen und Pferdegespann, zu Fuß mit und ohne Handwagen oder wie wir auf einem Autowrack zu einer Schüttel- und Rüttelmixtur verkommend, im Treck, auf eigene Faust, Massen von Menschen, unterwegs in unbekanntes schweres Schicksal. Freiwillig räumen, wovon man nachträglich enteignet wird.

Eine Gemeinschaft dabei unter Angstgewalt sich selbst zerbrechend. Über Jahre werden sie über das Land verstreut, die Flüchtlinge, die Vertriebenen bleiben, einige für ihr ganzes einmaliges Leben, denn manchenortes wird vertrieben werden, wer von Vertreibung redet; und doch, Vertreibung ist der halbe Tod.

in Gedanke will mir nicht aus dem Sinn: "Was wäre geworden, wenn wir alle unseren (Verzei- hung) Arsch nicht von dort fortbewegt hätten? Die von den Großmächten beschlossene Verwaltung der Ostgebiete dann, von Polen aus gesehen, vielleicht ein Luxusdampfer mit deutschen Passagieren auf polnische Kosten." Großvater würde sagen, "wenn der Hund ni' ge ... "

Übelkeit und Kälte setzen uns zu, bei jedem fürchterlichen Neuansetzen, Luftholen, Röcheln des alten Motors, Abbremsen kann ich an Mamas Gesicht ablesen, wie schlecht es uns geht. Wenn wir etwas zu beißen hätten, glaubt Großvater, ginge es uns besser. "Das Paket Schweinefett hast du hoffentlich mitgenommen, Käti", fragt er. "Nö, in der Schlafzimmerecke, schön kühl liegt es dort."

Vier Stunden Kälteschmerz, das gibt es nicht, irgendwann fühlst du dich frei von ihm, und bliebe nicht die Vorstellung von dem, was passieren könnte bei dir, gleichgültig wie ein Postpaket könntest du dich an jeden beliebigen Ort rütteln lassen.

Vater, der im Winter 1941/42 als Sanitäter im Wenzel-Hanke-Lazarett in Breslau tätig war, hat uns aufgeklärt. Verwundete Soldaten, die von der Ostfront kamen, hatten so schwere Erfrierungen, daß ihnen die Stiefel von Beinen und Füßen geschält werden mußten. Wie verwachsen das Leder mit dem verschwollenen Fleisch. Schlimme entzündliche Prozesse waren im Gange, von denen häufig ein fauler Geruch ausging. Zehen blieben am Leder kleben, Amputationen wurden notwendig. Oft das böse Geschehen von Läusen umkrabbelt.

Sanitäter-Devise: Auf die Zähne beißen, helfen. Trotzdem weinen. Männertränen keine Seltenheit damals. – Papa weinen sehen, ein erschütternd trauriges Ereignis, an dem die Kindheit in tausend Stücke zerbrechen will.

Fahren, fahren ohne Ende. Die Bilder von dem, was passieren könnte, wiederholungsmüde. Kein Wunder, daß auch ich schläfrig werde. Frühaufsteherin wie ich bin, weil Unternehmungsgeist mich aus den Federn treibt, werde ich ohnehin am Abend überfallartig von Schläfrigkeit befallen. Hätte Mama nicht etwas dagegen, wäre ich längst hinüber. – Klopft an mir rum, wie an einer Sparbüchse, die Groschen aus einem engen Schlitz spucken soll.

Enger wird es, noch enger, erschöpfte Fußgänger aufnehmen, von denen einer behauptet, ein Holzbein zu haben. Stimmt, wir werden es später zu sehen bekommen. Abschnallen, neben seinen Schlafplatz auf das Strohlager stellen. Mit oder ohne Holz, niemand hat mehr was gegen Enge. Rauf mit ihm, sein Handwagen bleibt unten. Drei Sack Hausrat werden mit hochbugsiert, eine Frau, ein Kind in meinem Alter, wie ein Weihnachtsmann angezogen. Leute gibt es, die haben wunderbare warme Sachen. Zu Hause habe ich auch einen wärmeren Mantel, aber da wäre ich nicht mit Eva gleich angezogen gewesen, der Wochentagsmantel bleibt im Schrank, wir ziehen die Sonntagssachen an, so wollte Mama es.

Neue Enge bringt nicht neue Wärme, zumindest keine, die spürbar wäre, die Begräbnisruhe in den

Adern nicht umkehrbar, nur der Atem der anderen läßt dich fühlen, daß du noch immer einem lebendigen Organismus angehörst. Jetzt habe ich die Nähe zu meiner Umgebung, die mir vordem zu schaffen machte. Hautenge nur von Papa angenehm. Berührungen von Mama beunruhigen mich, erst recht, seitdem ich weiß, daß sie Monatsblutungen hat. Als ihr Arm in Gips war, mußte ich ihr die Monatsbinde mit Sicherheitsnadeln an einem Gürtel feststecken. Ich erschauerte im Ekel. Sie muß es bemerkt haben. "Das wird doch ausgekocht", sagte sie. (Früher war das so, Baumwollbinden zum Auskochen. Bestimmt waren auch welche im Fluchtrucksack, und was dann mit Auskochen?) Nähe und Hautenge mit Eva, darüber brauchen wir gar nicht sprechen. Zusammenschlafen in einem Bett, soweit die gemeinsame Bettdecke es erlaubt, rücke ich ab von ihr. Ihr Zuckeln und Zockeln am Daumen kann mich krankmachen. Warum sollte ich ihre Nähe wünschen, wenn ich Eva nicht sein möchte. Die Vorläufer einer später sich voll entfaltenden Pickellandschaft ertragbar, wenn sie es lassen könnte, lustvoll daran rumzuquetschen. Das muß doch nicht sein, an der Backe vor dem Spiegel kneten und zerren, sich zum Geburtshelfer von fettigen Gesichtswürmern machen, eklig nicht wahr – aber so habe ich es leider erlebt.

Für einen kurzen Moment bin ich wohl eingeschlafen. Bewegung um mich herum, Aufstehen, Glieder beklopfen, ausschütteln, Sprachbrocken in der Luft. Wir sind am Ziel: Hans-Schemm-Schule in Schweitnitz. Eva, die Langemunterbleiberin, Superschlafmütze am Morgen, schneller als ich beim Aussteigen.

Der Kälteschlaf will mich behalten, Laufen wie verlernt haben. Leben als erstes in den Ohren. "Ha, sie sind noch dran!" Ich spüre sie, und sie werden mir nicht verfault stinkend in der Mütze zurückbleiben. Ohne Ohren, das könnte ich mir nicht vorstellen, lieber häßliche als keine. Natürlich gibt es häßliche, langgezogene abscheuliche Lappen, durch schweren Schmuck nicht aufgebessert. "Papa hat schöne Ohren, sie stehen ab wie zwei Kochlöffel, das gefällt mir, weil mir an Papa alles gefällt, so wie an mir."

3. Kapitel:

Keiner soll hungern
oder die Schweine werden doch
geschlachtet

Voran Mama, dahinter Großvater und Eva, dann ich schlaftaumelig. Zur Anmeldung! "Aufgepaßt Stufe", – nur stolpern, nicht hinfallen – der Hinweis kam rechtzeitig. "Ihr seid vier?" fragt uns eine Frau. Mamas Antwort: "und wieviel seid Ihr?" Die Anrede hat ihr nicht gefallen. Keine Lust, sich mit uns über einen Kamm scheren zu lassen. Nach ihrem Namen hätte sie man doch wenigstens fragen können, nicht verloren gegangen. "Es handelt sich nur darum, wieviel Schlafdecken ihr braucht." Die Frau kein Ohr für ihre Aufgebrachtheit. "Also vier und zwei für drunter, wird das langen?" Ein Stapel grüngrauer Militärdecken liegt vor uns. Wohin damit? Mama hat nur zwei Hände, und die sind von der Kälte noch nicht aufgetaut. Großvater macht keinen langen Hermann damit – eine Redewendung, die bei ihm ins Schwarze trifft, er heißt Hermann. Schnappt sich zwei, und ab geht die Post. Ein Koffer, zwei Decken, plautz, eine fällt ab von der Post. Was mit seinem Arm ist, möchte er wissen. Wir haben auch keine Ahnung. "Grete", ruft die Frau nach hinten, "trag dem Opa mal sein Geprätze*⁾ nach oben." Wetten, Großvater wäre auch lieber Herr "Wiezoreck" geblieben.

Der Klassenraum im ersten Stock, linkerhand von der Treppe, dort sei gerade Platz geworden. Essenausgabe im Erdgeschoß; "noch eine Frage?"

31

"Ja, wo kann man sich hier waschen?" "Überall wo ein Hahn ist". Mamas Waschbedürfnis nicht nachvollziehbar. Das Quartier: Ein hoher Raum, Baujahr Jahrhundertwende, mit ebenfalls in die Höhe fliehenden Fenstern – Einschüchterungsraum –, umgekehrt proportional zu deiner Größe, je kleiner du bist, um so größer die Einschüchterung. Ahnt man heute, wie das zwiebelt, mit dem Rohrstock lernen? Einmal, zweimal, dreimal auf den Handteller, davon mindestens einmal auf die Fingerspitzen. Die Ration dann direkt proportional zum Widerspruchsgeist. Nicht zu vergessen das Zwiebeln im Herzen, das Langzeitwirkung hat.

Keine Schulbänke. Unser Führer vorn an der Wand. Auf zwei Seiten Strohlager, runtergewalzt. In der Mitte ein schmaler Gang, er ist nicht sauber: Strohhalme, Krümel, weiß Gott eine Zigarettenkippe. "Mehr davon und man könnte sich eine drehen," ulkt Großvater. "So weit sind wir wahrhaftig noch nicht runtergekommen," sagt Mama. "Hast du vielleicht noch eine einstecken, Käti?" "Ja, zum Teilen nachher."

Großvater hat einen Fensterplatz erwischt. Morgen früh werden wir sehen, was der wert ist. Mama kann gerne darauf verzichten, in Breslau wird sie wieder genügend Fensterplätze haben. Ausbreiten unserer Decken trotzdem dort. Schön glatt muß das sein, "Eva, den Hintern noch mal runter!" Verloren ist, wer keine Ordnung hat, wir wollen nicht verloren sein.

Vor dem Strohlager stehen, und auf Großvater warten. Wir beide wollen uns um die Verpflegung kümmern.

Er gräbt in seinem Koffer nach dem Kochgeschirr, schon erwischt. Mama fertig mit Decken streicheln, Eva kann endlich sitzen, wo ist ihr schnuppe. Was sie macht, brauche ich wohl nicht zu sagen. "Kein Hunger?" frage ich. "Nö, wieso denn," kommt aus der Lücke, die der Daumen frei gibt. Mama will erst ihre dicken Knöchel reiben. So verschwollen, das darf es nicht geben. Wir können schon mal vorgehen. Sie will erst nachkommen, wenn sie den Anblick überwunden hat. "Einer besser auf die Sachen aufpassen. Ma' weiß ni', was sich hier rumtreibt", sagt Großvater. Daß notfalls Eva da wäre, kommt ihm nicht in den Sinn. Wer rechnet schon mit ihr, einer schlauen Essensverweigerin, die ihre Berührungsfläche mit Gott und der Welt so klein hält, daß sie ihr nichts anhaben können.

Im Erdgeschoß habe ich die Möglichkeit mein Talent würdig vorzutragen: Stoßen, Drängeln, Puffen, auf die Füße treten. Zur Theke durchgeboxt, auf Höflichkeit besinnen. "Was ist mit dir Mädel, bist du allein?" "Großvater", antworte ich zaghaft, wie eingeschüchtert. "Laßt mal den Opa von der Kleenen durch!" schreit die Frau. Die eben noch von mir Geschädigten haben nicht die Absicht, etwas für mich freizugeben.

Nicht er, aber sein Kochgeschirr macht über viele Köpfe hinweg den Weg zu mir. "Voll, und sag, wir sind vier", ruft er. Auf einem Keramikteller Marmeladenschnitten, gebogen wie Schlangentänzerinnen, zu viele Stunden auf uns gewartet. Zuckrige Brote und heißer Kaffee, niemand scharf darauf, sie auf die Sonntagsgarderobe zu kriegen. Nun doch Platz gemacht für das freche Luder.

"Mädel, Mädel, du machst Sachen!" Er die Schnitten, ich den Kaffee, da ich Füße habe, die leicht stolpern. "Wie denn, ist das alles?" Im Grunde genommen hätte Mama jetzt auf ein ordentliches Ende Knoblauchwurst Appetit. Immerhin schmeckt ihr der Kathreiner. Ersatzkaffee aus gebranntem Korn, ich habe ihn nie über die Lippen bekommen – wie angebrannte Mehlsuppe, scheußlich. An den altersschwachen Vesperschnitten außer Großvater niemand interessiert. "Wenn de nischt zu tun hast, holst'e uns glei' noch mal so einen Topp Kaffe'!" Im Trinken können Mama und Eva einen Wettlauf antreten, und heute hält Großvater mit. Hauruck ist die schwarze Tinte weg.

Das Kochgeschirr nehmen und wieder ins Erdgeschoß. Dort kennt man mich schon. Meine Eigenschaft, plitz-plautz bekannt zu werden, ich weiß auch nicht, woher das kommt. "Tut gut, die heiße Brühe, dir und deinem Opa sicher auch." "Besser Tee, sage ich." Natürlich kann ich auch Tee haben. "Hier darf jeder seine Wünsche äußern." Endlich kann auch mein Magen lachen. "Trink Mädel, sonst wirst'e krank." – Ein Weltwunder ist passiert, nach dem Kältefeuer auf dem Laster ist niemand von uns ernsthaft krank geworden. Es muß wohl eine im Körper waltende Vernunft außerhalb unseres Bewußtseins geben, die mit den Organen spricht: "Achtung, außerordentlich schwere Gefahr in Sicht, auf lebenserhaltende Notmaßnahmen umschalten!"

Mit Todesverachtung nach einen gräulich-roten Schnittchen greifen. Schmeckt besser, als ich dachte: "Daß du das essen magst?" staunt Eva, "sieht aus wie Fußlappen, bestimmt riecht es auch so."

Ihr war sehr daran gelegen, daß ich den Inhalt ihrer Worte voll verstehe. Sie sprach klar und deutlich, nicht verstellt der Raum, aus dem die Töne kommen. "Abwarten, Tee trinken", sagt Großvater, "morgen werden sie uns was Anständiges vorsetzen. Kein Grund, die Schweine den Russen zu überlassen." "Am Ort wird es einen Fleischer geben? Morgen einkaufen", schlägt Mama vor. "Und ein Bäcker für knusprige Semmeln", ergänze ich begeistert. "Ein ganz kleines, feines Wiener Würstchen für mich", nuschelt Eva.

Nun werden sie noch alle, die Schlangentänzer-Schnitten, meine Hinterschlingtechnik schon erfolgreich angewandt. Rups, rups, sind vier Stück hinten, die fünfte beinah nicht mehr geschafft. "Na siehst'e Mädel, beim Essen kommt der Appetit."

Zusammenrücken, andere wollen auch nur schlafen. Sieh da, die anderen, das sind die mit dem Holzbein-Mann, eine Familie, die bereits alle freien Fleckchen im Raum zum Niederlassen ausprobiert hat. Nun finden sie es neben uns angemessen. Sehen, wie so ein Holzbein ist. Er zeigt es uns. Das Knie ist noch dran, wie eine Speckbacke lose rumbaumelnd. Mama wäre froh, wenn unser Helmut so aus dem Kriege zurückgekommen wäre. "Sagen sie das bloß ni', bloß ni'!" Seine Frau verzieht das Gesicht, als hätte sie eine Wespe gestochen, eine Leidensmiene, wie wir sie noch öfter erleben dürfen. Die Familie findet uns nämlich sympathisch, und für sie wäre das Grund genug, miteinander Freundschaft zu halten, gemeinsam Breslau unsicher machen.

Seine Alte bäckt einen hervorragenden Kartoffelkuchen, den würden wir nicht stehen lassen. Daß er
Alte sagt, gefällt Mama bestimmt nicht. Papa
würde das nie tun, und Großmutter ist seit ihrem
Tod für Großvater nur "Meine Anna". Tote haben
am meisten Würde.

Das Mädchen, welches die herrlich warme Weih-
nachtsmann-Verkleidung besitzt, fragt mich, ob ich
Schule auch hasse. Wenigstens eine in der Familie angenehm. Sie heißt Brigitte, Mäuschen oder
"Blödes Aas", je nachdem, wie es die Situation
erlaubt. Er wird sich jetzt zu seiner Alten kuscheln,
Gewohnheitssache. Vorher erkundigt er sich, ob
Großvater Mamas Mann sei. "Nicht, na denn, so
eine schnucklige junge Frau, das wäre doch mal
was." "Wenn de kannst?" lästert seine Alte, "leg
dich hin und schlafe." Bis an die Ohren hoch hat
sie sich schon das militärische Strandgut gezogen.
Mama, Eva und ich schlafen unter der Kamelhaardecke. Schlüpfer, Hemden, Leibchen und Strümpfe
anbehalten, keine Bettwäsche.

"Ein Häpple*) können wir zu Großvater rüberrük-
ken. Eva rückt. Gemeinsam ein Lutsch-Schnarch-
Konzert machen. Neben mir das Mädchen, das
auch keine Schule mag. Sie will wissen, ob wir
wirklich den Kartoffelkuchen essen kommen, das
wäre eine Bombe**), endlich jemanden zum Spielen haben.

*) Happen   **) Schlagwort aus Kriegsjahren
                        das schlägt ein

In den ersten tiefen Schlaf fallen. Im Raum eine unangenehm laute Stimme, die alle aufhorchen läßt: "Habt ihr Erbsen gegessen, da knattert ja einer wie ein Maschinengewehr?" "Fünf Marmeladenschnitten, kein Wunder", behauptet Mama. Empörend, daß sie vor allen Leuten das auf mich schieben will. Wenigstens ist es dunkel, und morgen wird mich keiner als das Übel rauskennen. "Die Ros war's", sagt Eva mit der klangvollsten Stimme, die ihr möglich ist. "Miststück!"

Wiedereinschlafen. Erschrocken in die Höhe fahren. Ein bestialisch lauter, unartikulierter Schrei von einem Mädchen. Seine Mutter entschuldigt sich mindestens dreimal dafür. Was umso weniger überzeugt, je mehr Worte fließen. Eine krankhafte Störung, Punkt, aber nein, es geht weiter, niemand will mehr hinhören. Wenn ein Kind am Tage mehr Prügel als Essen bekommt", flüstert Großvater. – Nichtauffallen ist die leichtere Lebensart. Der Mann, "mit dem ohne Bein unterm Knie" hat es gehört. Er nimmt beim Prügeln die Krücke, aber die Tochter, das gewitzte Aas, reißt aus.

Der Aufschrei, ein Signal, Meinungen auszutauschen. Eva, deren Geist ohnehin erst am späten Abend flügge wird, beteiligt sich daran. "Die Sechsschwänzige Katze, wer hat sie benutzt, Großvater", fragt sie. Wie oft er uns das sagen soll, möchte er wissen. Erziehung war nicht seine Spezialität. Die Katze, ein dicker Knüppel, mit sechs Lederriemen dran. (Wir hatten sie noch im Kinderzimmer unter dem weißen Kachelofen.

Mama hat nie Gebrauch von ihr gemacht, mehr Andenkenswert, und Großmutter selten genug. Sechs Töchtern eine anständige Erziehung angedeihen lassen, das will was heißen.)

Erste Helligkeit fällt auf die Schlafenden. Weiße, vom Schnee und Rauhreif überzogene Winterbäume leuchten sanft in den Raum. Nach kurzer Nacht niemand willig, die Augen zu öffnen. Darf da ein Kind schon hellwach sein? Wie fertig werden mit meiner Putzmunterkeit? Nur warten und grübeln, wann für alle mit Volldampf der Tag loslegt, keine lustige Beschäftigung. Ein rettender Einfall schon zur Stelle: Grübeln und warten, weshalb? Warum nicht das freundinversessene Mädchen fragen, ob es mir Gesellschaft leisten will. Nur eine Rollbewegung zu ihrem Ohr. "Guten Morgen", wünsche ich freundlich. "Guten Morgen", darauf sie recht verschlafen. "Halt's Maul", darauf ihr Papa, der Mann, der das Unglück hat, unter dem Knie sein Bein vermissen zu müssen. Heißa, jetzt sind alle munter.

Der Gang zur Essenausgabe, nicht lohnend für Mama, besser, es uns überlassen, lieber später zum Fleischer wandern. Eva keinen Hunger, also bleibt es an mir und Großvater hängen. Offensive an der Essenausgabe, Fehlanzeige. Kann mir nur recht sein, wenn ich an die gallig bösen Blicke von gestern denke. Wir sind freudig überrascht, es gibt Semmeln dick mit Butter und Mettwurst belegt. "Hab' ich's nicht gesagt, nu komm'se, die Abendbrotsemmeln." Gedacht hat er es. Mama macht ein Festbankett aus dem herrlichen Frühstück, genußvoll auf Zeit kauen.

Sie hat die lobenswerte Absicht, ihren Kindern eine gesunde Mutter zu erhalten, deshalb steht mir nicht allein zu, was Eva übrig läßt. "Wenn ihr 's nicht packt, ich wär' so frei", kommt von Großvater. "So war er immer", haucht Mama, hören braucht er es gerade nicht.

Bissen in den Mund zählen, kann Mama auf den Tod nicht ausstehen. Zu dem Mann ohne Bein unterm Knie gucken, "Junge, Junge, der kann kauen!" Mit Packerzähnen hinter wülstigen Lippen, ein Sauglück zusammenmahlen, dann erfolgreich in die Gegend lächeln, bevor er den nächsten Happen von der Semmel reißt. "Komm her kleenes Aas, wenn de mal beißen willst." Nicht Brigitte, ich bin gemeint. "Die haben selber, was sie brauchen." Einen pikfeinen Flunsch zieht seine "Alte", daß ihr was genommen werden soll.

Sein Name ist "Lobsack", nun da wir es wissen, dürfen wir ruhig unseren auch nennen, er würde ihn bestimmt nicht weitersagen. Er kennt Schweidnitz, mit dem größten Vergnügen würde er Mama hier Sehenswürdigkeiten zeigen. "Ein paar Wurschtsemmeln als Vorrat kannst'e holen", meckert seine Alte. – Sie hat genug Vorrat, zumindest was das Hinterteil betrifft.

Niemand Hummel auf Sehenswürdigkeiten, gesprochen wird nur von Weiterflucht. Die freundliche Frau an der Essenausgabe fragt den Großvater, ob sie nicht langsam selber packen soll. Seine Antwort kurz und knapp – mehr wäre Panikmache –, "warum langsam?" Mama hält nichts von Weiterflucht. Jetzt wissen, wie zurück, keine Minute würde sie zögern umzukehren.

Auf dem Strohlager vor den Kindern vergewaltigt werden, so weit darf es nicht kommen. Auf Vergewaltigung kann ich mir keinen Vers machen, aber bestimmt ist es nichts Gutes, das sagt allein das Wort Gewalt. Auch Lobsack weiß nicht, wie zurück nach "Groß-Brassel" – so nennen manche unsere Heimatstadt. Furchtbar gern würde er Mama auf Händen dorthin tragen, warum dem Russen so etwas Schönes überlassen. Weil er Grips im Kopf hat, will er vorsichthalber gleich mal seine Säcke umpacken, damit nicht das Beste stehen bleibt.

Unruhig die letzte Nacht in Schweidnitz. Ein Gezerre und Geziehe an der Kamelhaardecke, mal bei Eva, mal bei mir. Großvater andauernd zur Toilette rennen. Das Mittagbrot, zu fett war es. Kartoffelsuppe mit fast ohne Kartoffeln, dafür auf jedem Löffel ein Brocken Fleisch. Recht behalten der Großvater, die Schweine wurden doch noch geschlachtet. "Euer Opa, zu viel gefressen, nu is' se da, die Scheißerei."

4. Kapitel:

Vertreibung, Sehnsucht, Bekehrung oder ein Exkurs in die Zukunft

Wir waren fünf Tage in Schweidnitz. Mamas Aufzeichnungen in einem Taschenbuch, während der Flucht in schweren Stunden geschrieben, belegen das. Zurückdenkend möchte ich meinen, es war ein einziger und zwei lange Nächte. Die Zeit, wie verloren im endlosen Warten und Hoffen auf Rückkehr nach Hause. Gefühle, von denen ich niemals erwartet hätte, daß sie auch mich so schnell erreichen.

Ja, auch ich war bekehrt. Die wahren Wunder schöner Entdeckungen, auf der Dominsel lagen sie, dem Domplatz, in der Umgebung des uralten ehrwürdigen Kirchengebäudes mit seinem nach außen verwinkelten Gemäuer, einem phantastischen Angebot für aufregende Versteckspiele, in denen oft selbst das heilige Innere der Gotteswohnung samt Beichtstuhl vor lauter Spielhingerissenheit nicht verschont blieb. Die wahren Wunder, ach, sie lagen am sonnig kühlen Oderstrand, im sich weitausbreitendem Botanischen Garten, in den wir vom großen Berliner Fenster lustvoll schauen konnten, und über dessen hohen Eisenzaun ich unzählige Male geklettert bin, mir für das Kaufmannsspiel wilde, saure Paradiesäpfel zu holen, die nicht größer als eine Glasmurmel aber rotbäckig und goldgelbfarbig waren.

Freilich konnte ich damals nicht ahnen, welche Formen der Sehnsucht und des Schmerzes meine Bekehrung zu Breslau im Verlaufe zwanghaftem Getrenntseins noch annehmen wird. Die Sehnsucht, die mit den Jahren wuchs, die nicht heilenden Wunden der Losgerissenheit von geliebter Umgebung ließen mich eines fernen Tages, der geschaffen war, mir Mut zu machen, Schweres zu wiederholen, dorthin reisen, wo einst unser Leben eine ungeahnt harte Wende nahm, in die ich dumm und unwissend, obendrein fröhlich hineintappte.

Inzwischen als Touristin in Schlesien geduldet, war bei Beginn der Fahrt nicht abzusehen, was mich dort sowohl an vertraut Liebenswerten, als auch befremdend Abstoßenden erwartet. Unruhigen Herzens kam ich in die Stadt, von der ich wußte, daß sie in den letzten Kriegsstunden zum Opfer grausamer Zerstörung und Verwüstung geworden war, gleich Dresden, gleich Plauen, dem waldumgürtelten Städtchen im Vogtland, dessen Vernichtungsfeuer und Zusammenbombung wir miterlebten.

Bilder von Niedergang und Ruinen lebhaft vor Augen, war meine Freude umso inniger, unsere geliebte Dominsel mit allem, was uns wert und nahe war, weitgehend erhalten vorzufinden: Den Dom, nur wenig gestutzt seine herrlichen Türme durch Bombeneinschlag und Brand, die Kreuzkirche, in der Kaplan Hahnelt den Kindergottesdienst zu einem fröhlichen Erlebnis machte, ja und vor allem das Haus Göppertstraße neun, wenige Schritte vom Dom entfernt, gegenüber vom Botanischen Garten, in dem ich den schöneren Teil meiner Kindheit verbrachte.

Mein Breslau war erhalten, war es erstaunlich, daß ich mit dem Gedanken spielte, mich dort zur Polin assimilieren zu lassen, um mir eine Rückkehr auf Dauer zu ermöglichen. Die politischen Verhältnisse in Polen schienen mir ohnehin besser als die in der DDR. Die träge Hinnahme des überwiegenden Teiles unserer Bevölkerung politischer Entscheidungen, gefällt einzig und allein von einer Funktionärskaste, war neurotisierend. Frustrierend war auch das uns abverlangte Bekenntnis zur sozialistischen Heimat. Dem heftigen Widerstand entgegenleistend, sah ich mich auf Dauer an den Rand einer Gesellschaft gedrängt, der ich ansonsten, gleich vielen anderen, nicht nur Negatives abzusehen versuchte. Also, was hielt mich zurück, aus dem Spiel mein Land zu wechseln, ernst zu machen. Ganz sicher die Hoffnung von einem anderen Deutschland, vielleicht sogar von einer anderen DDR, das Zuhausesein in meiner deutschen Sprache, bei unse- ren deutschen Dichtern.

Wiederaufgenommen im Herzen der Stadt, wohin anders meine ersten Schritte lenken, wenn nicht in den prachtvollen Garten, der immer eines der wichtigsten Ziele unseres phantastischen Rückdenkens war, besonders dann, wenn wir an Orten landschaftlicher Öde und Eintönigkeit weilten, von dem sich das Frühere geradezu paradiesisch abhob, wie das in der Magdeburger Börde war; womit keinesfalls gesagt sein soll, daß uns die Zeit dort in jeder Hinsicht mißfiel, es war gegenüber dem, was später kam, die bessere Zeit im Ostblock.

Unverändert der schöne Park, raumgebend einer Fülle unbekannter Gräser und Pflanzen, unverändert gepflegt und gartenarchetektonisch liebevoll gestaltet. Auf einer einsamen Bank in reizvoller Welt, von duftigem und schwerem Grün umgeben, über die ordnender menschlicher Verstand faszinierende, die Phantasie beflügelnde lateinische und griechische Namen geworfen hat und die nicht unwesentlich dazu beitragen, uns dem üblichen Gang des Lebens mit Allgewalt zu entreißen, hielt ich stille Einkehr.

Umgeben von vertrauter, märchenhafter Fremdartigkeit, von grünem Zauber, unter leuchtend blauem Himmel und Morgensonne, es war ja ein so vielversprechender Frühlingstag, geriet ich in eine gar seltsam glückliche Stimmung, in derem Verlauf mir sehnsuchtsvolle Bilder der Vergangenheit mit tief erlebter, überwältigender Gegenwart zu Eins verschmolzen. Es überraschte mich die schöne Illusion von einer langvermißten Seligkeit, ohne die unser Leben, wenn nicht schal und unbedeutsam, so eine Kette schmerzlicher Erfahrungen wäre.

Mit mir allein, inmitten hinreißender Natur, von hellen freundlichen Erscheinungen, von dem was war und ist, in die Arme genommen, mich über jeden Fels und Abgrund zu tragen, ach, da hatte ich die Andacht einer zu ihrer wahren Kirche zurückgekehrten Seele, eine Andacht voller schwermütiger Glücksseeligkeit, wie sie uns nur selten zuteil wird, und in der die Trauer über das Langvermißte ihren Platz neben Freude und Überschwang behauptet.

Ein Funke meines derart wunderlichen, wunderbaren Gefühles sprang zu meiner Überraschung sofort mit meiner Rückkehr in die Unterkunft auf unsere Gastgeberin, eine Polin, über. Das war um so erstaunlicher, da sie kein Wort Deutsch verstand. Es war also keine Gelegenheit, ihr von meiner traurig seeligen Betroffenheit eine wortreiche Mitteilung zu machen. Auch kein Weinen, kein Lachen verrieten ihr von jenen Glücksqualen, deren Höhepunkt ich schon überschritten glaubte. Rätselhaft und unbekannt die vermittelnden Boten, die Überbringer bedeutender Nachrichten von Mensch zu Mensch. Ihr Anliegen, mir zu offenbaren, was sich ihr lautlos mitteilte, ließ sie eine Dolmetscherin, eine gebürtige Breslauerin, holen.

So erfuhr ich, daß meine Gastgeberin gleich mir ein Vertriebenenschicksal hatte und daß der überspringende Funke meiner Gefühlswallung bei ihr eine Reihe gemütserschütternder Erinnerungen hochbeschwor - ich muß sagen, daß es mir unendlich wohltat, eine mir schicksalsverbundene Frau in der Heimat zu wissen; und darf ich nicht auch annehmen, daß meine Liebe zu der Stadt ihr diese nähergerückt und liebenswerter gemacht hat, als sie ihr vor unserem Zusammentreffen war.

An diesem Erleben vorbeikommen, ohne ein anderes zu erwähnen, was nicht weniger faszinierend und überwältigend war und was dem Vorangegangenem den Schleier des Geheimnisvollen nur dichter webt, wäre ein schwerer Fehler.

Das Wunderbare im Leben, selten genug, tritt es dennoch oft in geschwisterlicher Verbundenheit mit weiteren begnadigten Augenblicken und höchst erstaunlichen Ereignissen zusammen. Das Folgende, so manchem mag es unglaubhaft klingen, so wie es für uns unglaubhaft wäre, hätten wir es nicht erlebt.

Warten auf die Dolmetscherin in der Wohnstube, einer recht nüchternen Neubauwohnung, die aber einigen Komfort aufwies – wie Zentralheizung und Bad, obgleich sie puppig von der Zimmergröße und Quadratmeterzahl war. Gespart war besonders an Raum für den Korridor, der geradezu von schluchtartiger Enge war.

Kaffee kochen, kein Kathreiner, sondern aus aromatischwohlschmeckenden Bohnen, mit der Handmühle behaglich zermahlen. Richtig, vielleicht sollte noch erwähnt werden, daß meine Polin keine Dauervermieterin an Touristen war. Ein Zufall hatte mich zu ihr gebracht, ein Zufall hatte mich zu diesem Zeitpunkt überhaupt nach Breslau gebracht, eigentlich wollte ich nur anläßlich eines Dresdenbesuches mir zusammen mit meiner fünfzehnjährigen Tochter schnuppernd den polnischen Teil von Görlitz ansehen. Ein Bus polnischer Ausflügler aus Breslau, dabei die Rückfahrt anzutreten, erregte dort meine Aufmerksamkeit. Dahin zurückkehren - ein heißer Wunsch wurde in mir lebendig, den ich unwillkürlich aussprach. Schon hatten wir eine Einladung mitzufahren, der wir spontan folgten.

Unser Reisegepäck: Ein fast leerer Einkaufsbeutel aus leichtem Material, Nachthemden, Zahnbürsten, Ausweise, Geld. Zwei Asylanten in der Heimat, so landeten wir um Mitternacht auf der Couch meiner Polin, die wir im Bus kennengelernt hatten, kaum fassend, daß ich an einem Ort sein sollte, den ich auf einem anderen Stern glaubte und den ich deshalb auch jetzt noch immer wahnsinnige Angst hatte nicht wiederzufinden.

An jenem Vormittag unserer lebhaften Gefühlsnähe waren ein paar Hausbewohnerinnen, deren Männer zur Arbeit waren, zu einem Frühstück bei meiner Gastgeberin eingeladen. Wie viele und welchen Eindruck sie bei mir hinterließen, könnte ich beim besten Willen nicht sagen. Durch das Folgende verschwamm mir alles vordem in der Nähe gewesene zum Hintergrund, der das Erlebte ähnlich einem Echo einprägend, vertiefend zurückwarf, selber aber keine hohe Eigenbedeutung erlangte.

Hohe Eigenbedeutung für die außergewöhnliche Situation hatte das Eintreffen der Dolmetscherin bei uns. Mein Gott, wie war das möglich, weder mir, noch meiner Tochter war sie fremd. Ohne sie zu sehen, wie sie nur im engen schluchtartigen Korridor war, erkannte ich sie an ihren Schritten, eilig und zögernd zugleich, willensbetont und wiederum schwach, der gestörte Gang einer kränklichen Person, der vor allem Schwung durch die Überwindung eines Unbehagens bekommt und daher leicht ruckhaft verläuft.

47

Ach ja, wie sollte ich sie nicht sofort erkennen, hatte ich doch eine lebenslange Erfahrung mit ihr, mit ihr, meiner toten Mama. Sie war es, meine fünf Jahren zuvor verstorbene Mama. Anderes zu behaupten, käme einer Lüge gleich, deshalb war ich auch nicht überrascht, daß meine Gastgeberin sie Käti nannte.

Unverändert ihre kränklich blasse Haut, ihre schmalen Lippen, ihr kleines, verhärmtes Gesicht, ihr Tonfall, durch den die Wichtigkeit ihrer Mission klang, ihr mißtrauisches Abtasten meiner Stimmung, ob sie ihr gut will, ja ihr atemloses nach Luft schöpfen, weil sie so schnell zu uns geeilt war, ihre kalten Äuglein, die nach etwas zu suchen schienen, von dem sie aber im Bewußten offenbar überzeugt war, daß die Welt verlassen und betrogen darum ist, was man schlechthin Liebe nennt.

Weiß Gott, wie bin ich froh, daß bei der Begegnung mit meiner armen Mama meine Tochter bei mir war und, daß sie völlig unabhängig von mir und meiner Befindlichkeit auf ihre Weise die Anwesenheit einer uns nahestehenden, lieben Toten erlebte, und sie unmittelbar darauf, der unheimlichen Situation entrissen, die Worte fand: "Mama, die ganze Zeit glaubte ich, wir sprechen mit Oma Käte." Vielleicht hätte ich sonst einen hinreichenden Grund gehabt, an meinen Verstandskräften zu zweifeln, so aber wußte ich, es war, das Bleibende ertragbare, tröstliche, ewig wechselnde im Menschengeschlecht.

5. Kapitel:
Schönes Schlesien hier bleiben wir oder warten auf den Endsieg

Weiterflucht! Nachts zwei Uhr dreißig Wecken. Aus dem Stroh hochschnellen, als wäre der Russe schon da. Großvater kommt gerade von seinem letzten Kontrollgang vom Klo zurück. "Nu is' Ruhe," sagt er, "möcht' bloß wissen, was das war?" Eva steht wackelig auf ihren dünnen Beinchen, guckt zu mir wie eine Ohrfeige bekommen, schlimmer, das letzte Stück Traum verloren gegangen – ach, wenn sie es nur hätte! Mama wäre gern in aller Herrgottsfrühe schon ein Mensch, aber dafür fehlt ihr eine Zigarette. Sie muß ungeheuer unter Lichtmangel leiden. So eine funzliche Beleuchtung macht sie nervös, als wenn wir eine bessere hätten. "Zieht euch warm an," rät Großvater. Wie denn, haben wir vielleicht zwei Pullover? Nein, aber ausreichend Unterwäsche. Wir ziehen alles im Zweierpack an. Schlüpfer auf Schlüpfer, Hemdchen auf Hemdchen, Leibchen auf Leibchen bis aus dem Schulranzen ein gähnender Hohlraum und aus mir ein putziges Kugelgeschoß geworden ist, was nur mit hängen und würgen in den Trägerrock reinkommt, dafür aus Eva ein ansehnliches Kind. "Donnerwetter, da wird noch was draus!" Sie ist beleidigt, endlich kann sie dem verlorenen Traum nachheulen. Das nächste Mal wird Großvater sich lieber auf die Zunge beißen. Heulen, das kann er auf den Tod nicht ausstehen.

Doppelte Unterwäsche anziehen, Mama hat "verfluchte" Umstände damit. Zwei Brusthalter nehmen ihr die Luft zum Atmen. Zwei Schlüpfer, das darf sein. Anziehen unter der Kamelhaardecke, damit niemand so etwas Schönes sehen kann. Omas Selbstgestrickten, was daran schön sein soll. Lobsack möchte unter dem Versteckzelt Wichtelmann spielen. Es war nur Spaß, behauptet er. Großvater hat erlebt, wie daraus oft bitterer Ernst werden kann. Seit wann leidet Mama unter Geschmacksverirrung; er möchte es ihr – bitte sehr – sagen. Großvater fragt, ob wir uns jetzt streiten wollen. Mama will sich absolut nicht streiten, aber gerne wüßte sie, wie hoch er ihr Niveau einschätzt. Keine Ahnung, aber, daß wir heute einen schweren Tag vor uns haben, das weiß er, und der will durchgestanden sein. Es sieht so aus, als will Mama Eva beim Weinen helfen.

Die Frau, deren Schicksal es ist, Pupse zu zählen, sie hat einen gewaltigen Wortschatz dafür, meckert, weil es noch kein Frühstück gibt. Warum so zeitig wecken, wenn es nicht weitergeht. Sie hat Haare weit über die Schultern hängend, daraus wibelt sie einen Haarknoten, kaum größer als ein Katzendreck. Unangenehm dick ist sie und stinkt aller Stunden mehr nach Schweiß.

"Wir bleiben zusammen", bestimmt Lobsack. Es ist uns schon egal, mit wem zusammenbleiben, wenn wir ihn nur schon hinter uns hätten, den Weitertransport, daß wir ihn überstehen, kann sich Mama kaum vorstellen. Nicht überstehen, ist doch viel weniger vorstellbar.

Brigitte, von ihrem Papa heute Morgen nur "Mäuschen" genannt, hat viel zu zeitig ihre Heinzel-Weihnachtsmann-Bekleidung an, Pelzbesatz hier, Pelzbesatz da. Nun schwitzt sie. "Das tut nichts zur Sache, Mäuschen, wenn wir nur bei den ersten sind." "Ätsch, wir sind die Ersten", sagt sie zu Eva, als ob die sich da was daraus machen würde.

Das Frühstück bedeutungslos. "Nicht soviel hinuntersaufen," ein gutgemeinter Ratschlag von Lobsack, "wegen der Pisserei auf der Fahrt." Die Alte macht wirklich so, als hätte sie die Absicht, die Unterkunft mit einem Gefühl von Anstand zu verlassen. Aus dem strohhalmüberfluteten Gang eben rasch mal ein paar Späne aufsammeln. Großvater schickt einen merkwürdigen Blick zum Führerbild an der Wand. Stöhnen! Er möchte gar so gerne wissen, wer uns das eingebrockt hat. Meine doppelten Makostrümpfe machen mir zu schaffen, mit ihnen zusammen drängen meine molligen Füße nach irgendwo, weit klaffen die Schuhbänder auseinander.

Wir gehen zur Landstraße, dort sollen Lastautos auf uns warten. Außer Flüchtlingen wird niemand warten. Wir sind bei den ersten am Haltepunkt, bei den ersten Hundert. Es werden immer mehr. Ein träger Fluß dunkler Gestalten, unwillige, schlafbedürftige Kinder hinter sich herziehend, strömt zur Abfahrtstelle. Es gibt keine geordnete Reihenfolge, wer dazustößt, versucht sofort eine fabelhafte Ausgangsposition zu erlangen. Jeder sucht für sich das Beste zu erhaschen. Eine unnütze Drängelei, denn niemand weiß, was das Beste ist, dabei peilen und gucken, wie sich aus der Menge herausseilen, wenn eine Fahrgelegenheit kommt.

Sich an Lobsack halten, der weiß immer, wo es langgeht. Wo er ist, da wackelt die Wand. "Vorsicht Einsturzgefahr", warnt Mama. "Hoffen wir das Beste", darauf Großvater. Alle Anspielungen von Erwachsenen verstehe ich nicht, deshalb mache ich mir nicht immer die Mühe, was von dort kommt, zu durchschauen. Mama meint, ich habe meinen eigenen Kopf, na und, darüber kann ich nur froh sein.

Nach mehr als zwei Stunden Warten kommt ein Laster. Schon ist sie wieder da, die unheimliche Drängelei, an der Stelle, wo die Vermutung plaziert ist, von da könnte es losgehen. Die Vermutung ist falsch plaziert. Das Auto hält genau vor Großvater, der ziemlich abseits steht.

"Frauen mit Säuglingen zuerst", schreit Lobsack. Nanu, wo hat er einen. Er hat. Einer Frau mit Kinderwagen entzieht er das Steuer. Seinen dreckigen Leinensack wirft er auf das revoltierende Kind und bahnt uns und der jungen Mutter den Weg auf das begehrte Fluchtauto. Mit Schulter, mit Kopf, mit Ellbogen, eine Kraftmaschine, die ohne Rücksicht vorwärts drängt, ein wertvolles Utensil, sein Holzbein. Wer es auf die Füße bekommt, hört die Engel singen. Bis auf die Alte, die ihr Gepäck nicht im Stich lassen will, haben wir es alle geschafft. "Um Himmelswillen zusammenbleiben", sagt Großvater, er ist froh, daß wir bei ihm sind.

Ein weiterer Laster kommt. Wie faules Obst vom Baum fällt die Belagerung von unserem ab, der brechend voll ist. Der Fahrer kann den Motor anlassen.

Welch glückliche Fügung, nun können wir im letzten Moment Frau Lobsack noch zu uns hochziehen.

Abfahrt acht Uhr dreißig, Ankunft in Bunzlau dreizehn Uhr dreißig – wo die Bunzeltöpfe herkommen. Zu kaufen in Breslau auf dem Christkindelmarkt, süße kleine für die Puppenstube gibt es auch. Unser Ziel: Klitschdorf, nur zwölf Kilometer von Bunzlau entfernt. Ein Ort, den es lohnt kennenzulernen. Idyllisch gelegen zwischen rauschenden Wäldern und Hügelketten. Im Zentrum ein Gasthof, wenige niedrige Häuser; von dort aufsteigende Rauchwölkchen, Behaglichkeit und Wärme versprechend, Einladung, dich dort niederzulassen für Stunden, Tage, warum nicht für ein ganzes Leben. Ein Schuster ist da zu Hause. Er wird Großvater für schlechtes Geld ein Paar hervorragende Schuhe überlassen. Bestände auflösen, bevor es zu spät ist.

Entlang dem Wald und wenig ab von ihm, weit auseinander gestreute, einsame Bauerngehöfte. Silbrigglänzende Quellen fallen von Berghügeln talwärts. Strahlend weißer Schnee auf Dächern und Bäumen, ein weißer Mantel sanft und flockig – Neuschnee. Grund genug innezuhalten, dem eintönig-wiederkehrenden Beruhigenden in der Natur zu lauschen.

Mittagessen und Anmelden in der Dorfgaststätte. Viel Fleisch auf dem Teller. "Aha", sagt Großvater, "es wird weitergeschlachtet!" Das Fleisch schmeckt Mama, aber vom Krieg will sie nichts wissen. "Hierher kommt kein Russe", behauptet sie.

Das gefällt mir, weil ich froh bin in einem Schlesischen Dorf zu sein. Jeder sollte Gelegenheit haben, eins kennenzulernen. Wir bekommen Quartier in einem abgelegenen Bauernhaus, zwanzig Minuten vom Ortszentrum entfernt, zwanzig Waldminuten.

Vorher Lebensmittelkarten für den Monat Februar in Empfang nehmen. Das ist eine Überraschung, mit der Mama beinahe nichts anzufangen weiß. "Wie das, Lebensmittelmarken für den nächsten Monat, schon in Breslau erhalten", flüstert sie betroffen. "Doppelt hält besser", sagt Großvater. Bei der Empfangsbestätigung rot wie ein blutiges Tigerfell werden, auch am Hals unangenehm sichtbar. – Rotwerden, ein Leiden meiner Lebensdirigentin, was mir oft peinlich, geradezu erschreckend ist, wenn die Wut mit ihr durchgeht.

Im Nachbardorf sind Fleischer und Bäcker. Unvergeßlich die Ausflüge dahin! Am Morgen in frischer Winterluft durch den Wald marschieren. Mit einem Wurstpaket und warmen Semmeln, begleitet von Sonnenstrahlen, die sich durch Bäume schlängelnd, segnend auf uns niederlassen, zurückkehren. Darauf ein Schlesisches Frühstück bereiten. – Bei Gott, ich habe so würzige, kernige Wurstsemmeln nicht wieder gegessen.

Mama darf sich am Abend hervorragend waschen und in ein blitzblankes Federbett springen. Sie kann niemandem sagen, wie gut ihr das tut. Vorher sind wir dran. An unserer Haut solange schrubbeln, bis wir glauben, das Fleisch guckt vor. Wir haben keinen Begriff von Sauberkeit. Für einen Menschen mit Vorstellung davon ist das ein rechtes Kreuz.

Derweil wir literweise warmes Wasser verbrauchen, sitzt Großvater in der Bauernküche. Behaglich dort, meint er, und der Hund unterm Herd macht wirklich und wahrhaftig einen freundlichen Eindruck. Er ist groß wie ein junges Kalb, und ich kann darauf wetten, er wurde von ihm keine Sekunde aus den Augen gelassen.

Ein kuschliges Bett für mich allein. Eva wird auf einer französischen Ottomane schlafen. Sie hat sich recht fürstlich dort niedergelassen. Ihr dichtes, braunes Haar macht sich ausgespochen gut auf dem gestickt-behäkelten Kissen. Manchmal kann ich mir vorstellen, sie ist dabei, ein hübsches Mädchen zu werden. Ihr voller knospiger Kindermund könnte ihr dabei helfen. "Gute Nacht, Schwesterchen", sage ich zu ihr. Mehr darf es nicht sein, sonst ist sie bereit, vor Stolz aus dem Bett zu kippen.

Ach ja, im Dorf soll es ein Schloß geben, ob wir es wohl zu sehen bekommen? Das Möbel, was sich Ottomane nennt, sei von dort. Schlösser sind mir nur aus Büchern bekannt; mit einer Ausnahme, bei Liegnitz sah ich eins ... gewaltig großer, grauer Steinkasten mit irre hohen Fenstern, keine Gardinen, trostloser Anblick! Ein Schloß, versteckt im herrlichen Wald, von rauschenden Tannen umgeben. Quellen, die uns zu ihm führen, das wird bestimmt keine Enttäuschung. Ich bin mir gewiß, überwältigend schönen Ereignissen entgegen zu gehen. Die freudige Erregung darüber, hält mich länger wach, als nach den Tagesanstrengungen zu erwarten.

Großvater ist der letzte, der ins Bett steigt, "Jetzt was zu rauchen", stöhnt er, "und wir wären im Siebentem Himmel." "Warum mußt'e mich nur daran erinnern", knurrt Mama ins schneeweiße Kopfkissen, mehr zufrieden als unzufrieden.

6. Kapitel: Russen und SS auf dem Vormarsch oder das Ende des Gewissens

Es gibt hier einen Jungen, der hat abstehende Ohren wie Papa. Er ist dünn wie Eva, aber bei ihm sieht das gut aus. Er ist nur ein Jahr älter als ich, aber zwei Köpfe größer. In den Mundwinkeln stinkt er nach Überlegenheit. Ich denke, ich mag ihn. Am Nachmittag wollen wir beide etwas Verrücktes steigen lassen.

Eva hat von den Wirtsleuten einen Haufen bunte Wollreste bekommen. Sie sitzt am Fenster und zieht emsig Fäden über winzige Stahlnägel. Um nichts in der Welt würde sie von der einförmigen Beschäftigung abrücken. Sie hat frühzeitig zu der Tätigkeit gefunden, die ihr auf Dauer Brücke zu einem Ufer sein wird, wo ihr der Rest der "Buckligen Menschheit" wenig anhaben kann. Annäherung von den anderen, bitte sehr, wenn sie Lust darauf verspüren, sich durch ein Garnknäul zu arbeiten.

Mama und Großvater freuen sich auf die Mittagspause. Sie glauben, Waldluft macht müde. Ein Springbrunnen lebensfroher Gefühle verstellt mir die Möglichkeit, das nachzuempfinden. Mich nur auf ein Strickliesel-Geschenk mit vier traurigen Nägel einzulassen, käme mir einer Strafe gleich. Den Zeigern auf der Uhr am liebsten Siebenmeilenstiefel anziehen, damit es losgehen kann.

Zipfelmützen haben einen Fehler: Meine Locken – kein bißchen zu sehen. –

Stirnfransen, wie heute vielfach getragen, entsprachen nicht der damaligen inneren Disziplin der meisten Deutschen, einer, die weniger von innerer Einsicht, als von Angst kam. Der größte Teil meines gelockten, welligen Haares wurde zu einer festen Rolle gedreht und wie ein Hahnekamm nach oben kommandiert.

Doppelte Strümpfe, lieber nicht. Seit ich Marika Röck habe tanzen sehen, weiß ich, daß Füße ihre besondere Bedeutung für das Aussehen haben. Kein Bock darauf, Achim ein Paar Klumpfüße vorzuführen. Ich schwärme für Marika. Die Julischka aus Budapest, wie sie steppen, habe ich schon in Breslau geübt, in aller Zurückgezogenheit, vor dem Klobecken. Hacke, Spitze, Fuß im Wechsel auf den Boden schlagen, solange bis Fräulein "Schröder" mich dringend bittet, ihr die Hoffnung zu lassen, daß niemand durch die Decke kommt.

Draußen ein lauter Pfiff! Wahnsinn, wenn Achim mir das beibringen könnte. "Lauter geht's wohl nicht?" Eva spricht oft aus, was Mama anstandshalber manchmal nur denkt. Sie ist für mich die reinste Gebetsmühle von Mamas Gedanken.

Er grinst mich an. "Guten Tag", sagt er nicht. Wir gehen zusammen fort als hätten wir nichts als den überlauten Pfiff miteinander gemeinsam, der Bub reicher Bauern und ich, das Großstadtmädchen mit dem blöden Zipfel an meiner Mütze, über den ich erstmals den Verdacht hege, daß er sich wie ein freudiger Dackelschwanz aufführt.

Wir gehen zum Bach, weil dort am meisten los sei. Auch Bäche kenne ich nur aus Büchern. Ich bin begierig, einen kennenzulernen. Lange überlegen, was ich fragen könnte, worauf er eine gute Antwort weiß. In mir ist ein großes Verlangen, alles für meinen Umgang Erwählte, zu veredeln, in die Wolken zu erheben, damit mich ein Lächeln, ein Winken von dort glücklich macht. Da ich sehr viel Courths-Mahler gelesen habe, fehlt es mir nicht an Phantasie-Gebilden dafür.

Er trägt eine braune Lederjoppe und Gummistiefel. Die Joppe verschafft ihm, was er nicht hat, ein männliches breites Kreuz. Hellblonde Locken und wasserblaue Augen gefallen mir. Den häßlichen Eckzahn kann ich mir wegdenken, er hat ohnehin nur Bedeutung, wenn er lacht. "Spielst Du lieber mit Mädchen oder Jungen", fragt er. "Spielen kommt für mich nicht mehr in Frage", antworte ich und denke dabei an Spielen mit Puppen. Er mag Mädchen, besonders wenn sie hübsch sind. Im Sommer könnten wir beide eine Indianerbande gründen.

Ob ich ein Taschenmesser habe, will er wissen. "Großvater hat eins, und er wird es mir gerne überlassen", beeile ich mich zu antworten, weil ich sofort und auf der Stelle fühle, wie arm und nichtig der Mensch ohne ein Taschenmesser ist. Natürlich habe ich bezüglich des Überlassens meine argen Zweifel, aber die Situation erlaubt nicht, meine Schwäche einzugestehen. Macht nichts, er könne mir gerne seins leihen, wenn ich mich hier verewigen will.

– In einen Baum die Anfangsbuchstaben meines Namens ritzen. Natürlich will ich; alle Welt soll erfahren, daß ich hier war.

– Der Bach, kein Vergleich mit der schwermütig träg im breiten Flußbett dahinströmenden Oder möglich, die uns zwar Ruhe und Gelassenheit eingibt, doch nur im hellsten Sonnenschein Gefühle von Überlegenheit und Beschwingtheit schenkt. Ein Bach, so munter, so heiter, so gelöst wie wir niemals sein können, über Kiesel, Steine, Felsbrocken springend, kristallklar von Gemüt, bereit, sich immer und immer wieder auf den Grund seiner Seele schauen zu lassen, ein Tummelplatz für grausilbrige Fischlein, die mit dem lebhaften Auf und Ab des Wassers sich naiver übermütiger Geborgenheit erfreuen, uns ein Leben im Bereich von Treu und Glauben vorführend, aus dem wir lange rausgefallen sind. Paradiesische Zeiten für süße, pfeilschnelle Fischlein.

Allein vom Zusehen wird mir leicht und locker ums Herz, und es packt mich der Wunsch, mit Wasser und Fischlein zu springen. Wir versuchen es, von Steininsel zu Steininsel. Meine Schuhe haben dabei wenig Vergnügen, ich dafür um so mehr. Mich anzuheizen, streckt Achim mir die Hand entgegen.

"Der eigentliche Spaß kommt erst", sagt er, der Junge mit den Ohren gleich Papa, die jetzt, wie aus heißem Wasser aufgetaucht, glühen. – Die Februarsonne am Mittag sendet uns übermütigen Kindern einen Strauß Vorfrühling vom Himmel.

Der eigentliche Spaß: Fische fangen! Blitzschnell in das eisige Wasser greifen, wieder und wieder, bis die Hand ein kleines zappelndes Etwas erwischt; erschrecken loslassen, den nächsten greifen, loslassen – schaudernd Macht empfinden. Loslassen sei sinnlos, meint Achim, man kann sie am Abend in der Pfanne braten ... Töten! Mit dem Taschenmesser beherzt in das Fischköpfchen stechen. Einen tiefen, blutigen Schnitt machen. Grauen und Entsetzen empfinden, darüber wutentflammen, weiter töten, erleben, wie wehrloses Leben hinter einem Berg angesammelten Hasses versickert.

– Aus dem Rohrstockopfer der Schule, aus dem Ohrfeigen malträtierten Kind wird die Angreiferin, die blinde Rächerin. Greifen, stechen, schneiden, mit einer Weidengerte durch das niedliche Fischmaul stoßen. Das Fischlein wie eine Perle auffädeln.

Das nächste Opfer, das zur Perlenleiche werden soll, ausspähen, wieder greifen, stechen, schneiden, fädeln. Die Fischkette Mama bringen! „Was soll der kleine Gratsch. Die bluten ja noch!" Wenn sie Fisch essen will, geht sie welchen kaufen. „Bloß nicht", sagt Eva. „Braten, warum ni'; im erstem Weltkrieg haben wir ganz andere Sachen gebraten", meint Großvater, nimmt mir die Fischkette aus der Hand, geht in die Küche, verfüttert sie an den Hund.

Es kommt ein Tag, den wir lieber nicht gehabt hätten. Schlimmes sehen, erleben und nicht abhelfen können ist die Unglückslawine auf ewig, das was alle Zeit dich bedroht und mit Angst erfüllt.

Wir sind unterwegs zum Einkaufen: Großvater hat viel Freude an seinen neuen Schuhen, an sich runtergucken, staunen wie das funkelt – zwei Riesenschaben auf blitzsauberen Schnee – Eva stöhnt, weil der Weg seit gestern nicht kürzer geworden und es für sie absurd ist, jeden Morgen frische Semmeln essen zu wollen. Mama möchte ernsthaft glauben, das Schicksal habe ihr eine neue Lunge geschenkt, tief durchatmen. Asthma ade! Wunderbar und mit ihm ihre Nervosität und Reizbarkeit. Nicht auszudenken, daß aus Mama eine ausgeglichene freundliche Person werden könnte.

Wir brauchen uns das nicht auszudenken. Dort, wo der Wald sich lichtet, wo schmale Wege von zwei Seiten in die breite Landstraße münden, dort, wo du dich dem Zeitgeschehen wieder im Eiltempo näherst, erfahren wir den Absturz unsinniger Hoffnung. Ein Trupp menschlicher Wesen schleppt sich uns entgegen, kranke schwache Elendsgestalten. An den struppig ungepflegten Bärten, an den klobig verschmutzten Filzstiefeln erkennen wir, daß es Männer sind, Gefangene, Russen! Abgetragene Uniformen, schäbige Lumpen hängen an den bedauernswerten Menschen. Entsetzlicher Hunger in ihren Augen, großäugig, hohlwangig ihre Gesichter. Schon ist Mamas Asthma da. Anhalten, stillstehen, nach Luft ringen. "Wenn das Gefangenschaft heißt, dann ist unser Helmut wirklich besser tot." Sie möchte um Nichts auf der Welt, daß er sich so durch Rußland quälen müßte.

Im Dorf erzählte man sich, daß die gefangenen Russen hübsches Spielzeug bei sich hätten, kleine Windmühlen, Burgen und Kirchen aus Streichhölzern gebastelt.

Bei denen, die wir sahen, war bestimmt kein Spielzeug.

Am Abend erfahren wir, was eine wohlerhaltene Uniform ist. SS-Männer vom Stab haben sich in unserem Waldhaus einquartiert, große, stattliche Kerle, die alle was von sich her machen. In der urgemütlichen Bauernküche mit dem Hund unterm Herd, der keinem etwas tut, geben sie ihren Einstand. "Die haben bestimmt was zu rauchen", hofft Großvater und reibt seine Hände, als wäre eine große Überraschung in Aussicht. Wahrhaftig, alles haben die: Zigaretten, Cognac, Bonbons, Schokolade und für Mama etwas besonders Feines, was sie leider nicht zu schätzen weiß. Einer der Schickuniformierten will es ihr zeigen, sie soll mit ihm nach draußen gehen. Er greift nach ihrer Hand, um sie dahin zu ziehen, wo sie nicht sein darf. "Schluß der Vorstellung, ehe es hier zu bunt wird", sagt Mama. "Bloß noch eine Zigarette", antwortet Großvater. Ihm war entgangen, wohin Mamas Hand sollte. Vor unsere Zimmertür schieben wir die Kommode; um vergewaltigt zu werden, braucht man nämlich kein bißchen auf den Russen warten.

Er ist nicht mehr weit, zwölf Kilometer von hier entfernt, dort, wo wir vor zwei Wochen waren, in Bunzlau. Wir müssen uns beeilen aus Klitschdorf rauszukommen. Die SS-Offiziere sind schon gestern auf und davon. Da haben wir noch in aller Seelenruhe einen Besuch bei unserer Nachbarin aus Breslau gemacht. Ich sprach von ihr, der Dame, welcher ständig die Nase, wie ein rostiger Wasserhahn, tropft. Wir trafen sie beim Fleischer.

Was für eine Wiedersehensfreude ... erst recht, weil
sie versprach, den Kuchen vom Bäcker zu holen.
Sie hatte ja noch so viele Lebensmittelmarken!
(Bestimmt wie wir doppelt in Empfang genommen) "Am besten allemachen." Nur wenig errötete
sie bei ihren Worten. Ganz Deutschland gewissen-
los geworden – sich rasch noch einmal gutgehen-
lassen vor dem Verderben.

7. Kapitel:
Nero bleibt hier –
oder die Stunde, die uns nicht
verläßt

Seit gestern ist er unruhig, öfter als sonst kommt er aus seinem gemütlichen Versteck unter'm Herd hervorgekrochen, um sich Nase und Lefzen an Achim oder der Bäuerin zu reiben. Der fast blinde Hund, vor dem wir schon lange keine Angst mehr haben. "Nero bleibt hier", sagt der Bauer, und das ist sein letztes Wort. "Wir hätten ihn erschießen lassen sollen?", überlegt die Bäuerin. "Zu Hunden muß der Russe nicht schlecht sein", darauf der Großvater. "Der hat ihnen ja auch gar nichts getan", ergänzt Achim mit soviel Tränen in der Stimme, wie das von Jungen unbekannt ist.

Auf dem Vorhof stehen zwei Fuhrwerke, hochbeladen mit Hausrat. Gleich nach dem Füttern der Tiere wollen unsere Wirtsleute nach Bayern aufbrechen, wo sie eine Tochter haben. "Nach Bayern, so so?" Großvater spricht's und dreht an seinem Schnurrbart, als wäre das eine Beschäftigung, der man sich auch nutzlos hingeben kann.

– Mit Pferdegespann hat von dort zu diesem Zeitpunkt kaum jemand Bayern erreicht, Ausplünderung, Kälte, Waffenbeschuß, Vergewaltigung drohten auf der Landstraße. Wir verabschieden uns. "Wiedersehen, wäre schön." Am besten im Frühling, wenn hier alles blüht, das müßten wir erleben. "Na klar", pflichte ich bei, "da gründen wir doch unsere Indianergruppe."

Die Bäuerin zieht mich an sich und weint mir, in dem sie sich Mühe gibt zu lachen, ein paar Tränen an die Backe.

Rucksack auf, Schulranzen über, Koffer in die Hand, schauen, ob die Ordnung gleich der ist, die wir vorgefunden haben. Wehmütiger Blick auf die niedlichen Landhausfenster, Tür zu; wie Einbrecher durch den Hauskorridor schleichen, weil es beinahe noch Nacht ist; raustreten aus dem Haus; sich ins Nichts gestoßen fühlen.

Dunkel draußen. Morgenkälte schlägt uns in das Gesicht. Obgleich wir den Weg auswendig kennen, langsam zögernd die Schritte. Uns aus Geborgenheit lösend, sind wir bange, dem Russen entgegenzulaufen.

Wald und Bäume, nachtumhüllt, werden zu Verbündeten von Furcht. Jedes Geräusch, noch so leise, erschreckt, verunsichert unseren Willen, vorwärts zu wollen. Schweigen, Anhalten der eigenen Sprache; Schweigen aus Angst, der Gestaltwerdung von Lauten nicht gewachsen zu sein, wir eine Gemeinschaft stummen Trotzes, im Bedenken darauf, daß ein Wort, ein einziges ein Szenerarium von Grauen und Entsetzen hochbeschwören kann. Der Wind, die Äste an den Bäumen, eine Katze sind in der Übermacht.

Zur Sammelstelle des geordneten Abtransportes, dorthin, wo wir vor zwei Wochen angekommen waren. Unglaublich, auf uns wartet ein Lastauto. Dort, wo du sie nicht erhoffst, geschehen die Wunder. –

Da ist jemand, der Sorge dafür trägt, daß wir den Russen nicht zum Opfer fallen: der liebe Gott, der blinde Zufall oder die lächerliche Unorganisiertheit, die alles durcheinander wirbelt und eine letzte Möglichkeit wie einen Sack Kartoffeln abstellt.

Nach Wehrau geht die Fahrt. Herrlich, aus dem Schlaf erwachender Wald zieht am Auge vorüber, grüß uns auch ja den Russen recht schön, immerhin haben wir ihm ein Schnippchen geschlagen. Die Maus der Katze entkommen. Als Nachspiel entgangener Gefahren eine unerhörte Belebung der Sinnesorgane, aufblühen von Selbstvertrauen, aufblühen von Vertrauen auf beschützende Kräfte. Wir sind wir, und wir wollen fort, weil wir bleiben wollen.

"Wir gehören zu den Überlebenden!" (Ein Ausspruch von Mama aus der damaligen Zeit.) Wir werden ihn brauchen können, wir von dem Krieg weg in den Krieg Fahrenden. Im Glauben, von ihm zu flüchten, fahren wir in die schlimmste Brandkastrophe hinein.

– Bekanntlich wurde die Flucht aus Schlesien für viele Flüchtende zum sinnlosen, absurden Unternehmen, sehr sinnvoll für Mächte, die jahrzehntelanges Unheil für sie planten. – Die Vertreibung der Deutschen aus Schlesien, welche das Aufkommen der Nationalsozialisten, nicht durch Finanzgewalt stützten, ein schwereres Unrecht, als man es bis heute bereit ist zuzugeben?

In Wehrau zwei Stunden warten, dann Verladung in Viehwagen, wie Mama in ihrem Tagebuch festhält. Warum schreibt sie "Verladung", ich habe mich nicht so gefühlt. Ich denke, für Kinder ist alles leichter. Mütter haben aus Sorge um sie oft einen getrübten Blick auf die Welt. Schade, daß man das so spät erkennt, sonst könnte man es ihnen früher verzeihen.

Nach Dresden! Wir sind sechsunddreißig Stunden unterwegs, die in der Erinnerung infolge von Eintönigkeit und Gleichförmigkeit zu wenigen zusammenschrumpfen, dafür zu solchen, die gespensterhaft, abschreckend für immer bei dir bleiben und die sich leider auch dann lautstark melden, wenn du Mut und Risikobereitschaft brauchst.

Ewiges Stehen auf Abstellgleisen, warten auf Austausch altersschwacher Lokomotiven untereinander, Kälte, Hunger, unbequemes Hocken auf Rucksack, Koffer oder wie Eva und ich auf unseren Schultaschen und fahren, fahren. Urinieren des Nachts in Großvaters Kochgeschirr, auskippen durch einen Wagenschlitz. Gott sei Dank keine Tiefflieger.

Das Übel sollten wir später kennenlernen. Wie sagte schon Comenius in seinen didaktischen Regeln des Lernens: Vom Leichten zum Schweren, bitte sehr.

Übrigens kaum Geruchsbelästigung, dafür Aufenthalt in einem durch das Land rüttelnden Kühlschrank. Ruth Klüger berichtet in ihrem Buch "Weiterleben" von unerträglicher Geruchsfolter während der Fahrt von Theresienstadt nach Auschwitz. Ich denke Hunger, Kälte und Eintönigkeit sind besser zu überstehen, als kot-, urin- und schweißverpestete Luft.

Ein Baby ist bei uns, das stundenlang kläglich wimmert. Deutsche Soldaten reichen eine Kanne heißen Ersatzkaffee in den Wagen. Viele Hände strecken sich danach aus. Mama ist die Schnellste. Sie stellt das warme Getränk an die Füße des Kleinen. Wenig später schläft es.

Von den gleichen Soldaten erhalten wir ein etwa drei Kilo schweres Stück Schweinefleisch aus der Gulaschkanone. Die Alte schnappt es, ich meine Frau Lobsack. Ja, wir haben sie wiedergetroffen, Brigitte, Mäuschen oder "Blödes Aas" genannt, den Mann, der unter dem Knie sein Bein vermißt, und sein zwei Zentner schweres Kuscheltier.

Vom Fleisch bekomme ich ein Stück, so winzig, daß ich schon bald keine Erinnerung mehr daran habe. Die es teilt, knabbert im nächsten Flüchtlingslager noch an den Knochen. "Das muß schon stinken", wird Großvater seine Lippen beleckend befürchten.

Lange halten in Bischhofswerder. Jetzt könnten wir aussteigen. Nicht weit von hier, in Rammenau, oben auf dem Kirschberg, hat Mama eine Schwester, Großvaters "Älteste", Tante Klara. Früher hatten wir schöne Zeiten bei ihr. Das war in meinen ersten Lebensjahren. Ich erinnere mich: Wald, Wiesen, meckernde Ziegen, staunen, daß sie rund kacken, Ostereier suchen gleich hinter dem Haus. Seit Jahren sind wir mit Tante Klara entzweit und wollen es auch bleiben.

Versöhnung wäre möglich, wenn es keinen Stolz gäbe, aber es gibt ihn. Großvater hat nicht die Absicht, seine hohe Mauer zu übersteigen. Stolz kann lebensgefährlich werden. Mama muß es erkannt haben. "Steig aus, Vatel, und versöhne dich mit Klara", schlägt sie vor, "das wäre wirklich das Bessere für dich!"

Er findet es nicht der Mühe wert, darauf zu antworten. Er weiß allein, was für ihn das Bessere ist. "Du wirst mich schon noch einmal brauchen", hat Tochter Klara einst zu ihm gesagt. Einen Scheiß wird er, niemanden braucht er, schon gar nicht, wenn er jemanden braucht. – Nichtaussteigen, hellster Wahnsinn! Mama, Eva und mir hat es beinahe das Leben gekostet, Großvater kostete es das Leben. Schwestern von Mama haben dort mit ihren Kindern in größter Seelenruhe das Kriegsende abgewartet, indes wir in die Katastrophe fuhren.

– Später, viel später haben wir uns mit Tante Klara versöhnt. Sie besuchte uns in Leipzig. Ach Gott, was für eine hilflose kleine Person, freudig erregt, Großstadtluft schnuppern zu können. In meinem ehemaligen Mädchenzimmer, acht Quadratmeter groß, war sie untergebracht. Dort sehe ich sie, heute wie damals, auf der Bettkante hockend, mich aus blaßblauen Augen sanft anschauend, ein Schürzchen um, weil sie Mama in der Küche helfen will; schönes, weißes Haar um ein zerknittertes, sorgenvolles Gesichtchen; gehemmt-unbeholfene Sprache, deren Ursache eine schlecht sitzende Zahnprothese ist. Wahrhaftig, den Triumph unserer Rettung hätte man ihr gönnen können.

Ankunft in Dresden, am Abend vor dem größten Luftangriff auf die Stadt. In den Kellerräumen des Bahnhofgebäudes bekommen wir einen warmen Eintopf. Die Frau am Ausschank wenig freundlich: "Ihr habt uns gerade noch gefehlt", nörgelt sie uns an. Peng! Das traf in Mamas erschöpftes, überempfindliches Gemüt. Augenblicklich ist sie bereit, hochschnellenden Haß auf ganz Dresden niederzulassen. Hier bleiben, keine Stunde. – Es war schon so, Mamas Talent Schwieriges auf Messersschneide zu treiben, war in unserer Umgebung konkurrenzlos.

Als ich mit Familie, nach jahrelangem oppositionellen Kampf auf verlorenen Posten in der ehemaligen DDR, in die Bundesrepublik einreiste, habe ich Ähnliches erlebt. Man darf das nicht so tragisch nehmen. Mal ehrlich, was steckt hinter ein paar derart hingeworfenen Worten, ein wenig Unbedachtsamkeit von Leuten, die glauben ihren – Verzeihung – Arsch im Trockenen zu haben. – Mamas Überempfindichkeit bewahrte uns davor, das Dresden-Inferno mitzuerleben. Tausende von Flüchtlingen sind beim Großangriff auf die Stadt umgekommen. – Keine Übernachtung. Müde, zerschlagen drängeln wir uns in einen der letzten Züge, die vor der Katastrophe aus der Stadt rollen.

Einstieg durch ein heruntergelassenes Fenster, von unten angehoben, von kräftigen Lobsackarmen nach oben gezogen, landen wir in einem noch halbleeren Abteil, das aber bald darauf von Fluchtbesessenen fast überläuft.

Die Fahrt geht nach Reichenbach. Angeblich von Flüchtlingen überfüllt. Also weiter nach Plauen.

Nicht überfüllt, aber im Nachtschlaf. Bis morgen neun Uhr dreißig Abstellgleis. Dann Aussteigen erlaubt. "Jetzt sind wir die Juden in Deutschland", sagt Mama.

8. Kapitel:
Taubenentvölkerung
oder ein Exkurs in die
Vergangenheit

Mamas Worte, "jetzt sind wir die Juden in Deutschland", haben mir nicht gefallen. Jude wollte ich nicht sein. Ein Erlebnis vor langer Zeit hat mir Angst gemacht, das zu sein. Ich denke, es sollte erzählt werden: Es war am Domplatz in Breslau. Für uns einer der schönsten Plätze auf der Welt. Einmaliger Anziehungspunkt dort das kreisrunde, riesengroße, im flammenden Rot blühende Rosenfeld, zärtlich umschlossen von gepflegtem, grünem Rasen und von da wunderbare Sicht auf den alten, stolzen Dom, der wie überall, wo es solche erhabene Gemäuer gibt, von zahlreichen Tauben belagert war.

Wir Kinder hatten viel Spaß an den munteren zahmen Wesen, die ja bekanntlich auch zu einer erheblichen Plage werden können. Mit dem Krieg verlor sich diese Sorge. Auf gar heimtückische Weise verschwanden nicht wenige im wohlschmeckenden Suppeneintopf oder in der Bratpfanne, winzig klein geschmort.

Bei uns war es Großvater, der mit Leidenschaft Taubenjagd machte. Zu vertrauensselig, die kleinen Tierchen. Fraßen aus der Hand, gurrten munter um unsere Füße, folgten uns in Anhänglichkeit, wohin wir uns auch wandten, solange ein paar Brotkrümelchen lockten. Ja, da war himmlische Vertrauensseligkeit!

Bei geöffnetem Fenster spazierten sie auf einer Straße von Aufpickbaren tipp tapp in die Stuben, und peng zu war das Fenster. Hunger hatten sie!

Eine regelrechte Taubenentvölkerung fand hier statt. Wie froh war ich nach dem Krieg als Touristin in der Heimat, sie dennoch alle wiederzusehen, die Graue, die Blaue und die große Schar der Farbiggesprenkelten. Taubenentvölkerung richtig, ich wollte ja etwas ganz anderes erzählen, von einem Ereignis, das ich nicht vergessen kann. Nichtvergessenkönnen, welch unbedeutendes Wort für das, was wirklich geschah, und für das, was sich immer wieder aufs Neue in der Seele vollzieht, wenn mich die Schatten der Vergangenheit einholen.

Da war so ein lichtblauer Tag, einer von denen, welche die häßlichsten Nachtgedanken im Sturm überwinden. Kein Wölkchen am Himmel. In der Luft lauter gute Wünsche für alles, was lebt. Die Sonne gab die ganze Schönheit der Dominsel frei. Wer zu Hause blieb, mußte einen tieferen Grund dafür haben, wir hatten keinen, also spazierten wir in den Frühling. Wir waren nicht ganz unbeschwert, der Vater war im Krieg, und die Sorge um ihn lag auf unserem Gemüt, aber wir waren bereit, die Hoffnung der Natur, die überall um uns herum blühte, in uns einzulassen.

Am Domplatz war es, auf dem Weg neben dem rosa-grünen Blumenteppich, dort wo man rechts abbiegend zur Oder kommt, dem herrlichen, breiten Strom, an dessen Ufer ich als Kind Gelegenheit hatte Freiheit einzuüben, die ich später oft vergeblich suchte:

Ein alter Mann kommt uns entgegen, klein, gebückt, die Augen hartnäckig zu Boden gerichtet. Einer von denen, die sich scheinbar entschlossen haben, mit allem was sie sind, der Erde entgegen wachsen zu wollen. Ängstliche, zaghafte Schritte macht er, so als wäre der Weg für ihn gar nicht freigegeben. Was mich besonders irritiert, er ist für die Jahreszeit viel zu warm angezogen. Allein der Kleiderberg zieht ihn nach unten. Nein, nein, ich weiß schon, was man sagen will – ältere Leute frieren nun mal leichter, womit man ja auch recht hat, aber das hier, nein, das mußte dann doch eine andere Bewandtnis haben. Von Kopf bis Fuß eingewickelt in schweres Tuch. Umgeben von einer Festung aus grau-schwarzem Stoff bei freundlichem Sonnenschein? – Das war wie ein Manöver, sich selber ersticken zu wollen.

Es war nicht nur die Kleidung, die mich derart berührte. Schon brannte mein Mitgefühl lichterloh, so ein frisches unverbrauchtes Kindergefühl, dem noch keine Hemmungen gesetzt sind. Alles an dem Manne war so traurig, so tief bedrückend, und sein hohes Alter machte mich bange und flößte mir Sorge ein. Da ich, wie viele kleine dumme Mädchen, fast allen Männern leidenschaftlich zugetan war, konnte ich den Gedanken, daß sie auch hinfällig und sterblich sein können, nur schwer ertragen. An uns vorübergehend, geriet die tuchumhüllte Gestalt, welche bei mir eine so heftige Gemütsbewegung hervorgerufen hatte, ein wenig ins Stolpern, gewann aber sofort, noch ehe ich zur Hilfe eilen konnte, wieder an Halt.

75

Was mich so betroffen machte, ich konnte es mir nicht erklären, ich war ein Kind und wußte noch wenig von der Welt. Ich sah einen gebrechlichen Greis, der sich mit seiner Kleidung ein Versteck geschaffen hatte, und für einen kurzen Moment sah ich sein Gesicht, bleich, zerfurcht, mit unruhigen schreckhaften Augen, und ich sah den Stern, das grellgelbe Warnsignal, böse abstechend vom düsteren Hintergrund, in seinem Zentrum vier Buchsta-ben. Vor noch gar nicht langer Zeit hätte ich noch Mühe gehabt, sie zu einem Wortzusammenzuziehen – Jude – .

Tränen schossen in meine Augen, und mein Herz wurde so schwer, daß ich es fast noch heute fühlen kann, und mir war schlagartig bewußt, das böse Zeichen hatte sich gegen den Willen, ja zum Leidwesen des unglücklichen Greises, auf seiner Kleidung eingenistet.

Niemand hatte zuvor über Judenverfolgung zu mir gesprochen. Kummer und Leid waren es, die auf schnellen Füßen zu mir eilten, denn der Schmerz ist eine Kraft, eine Kraft, die uns will, alle Menschen will sie, mit Kindern hat sie es leicht, sie sind wehrlos. "Warum Mama? Warum muß er den Stern tragen?" flüsterte ich so leise, als könnten allein von meinen Worten die Domtürme hinter mir zum Einsturz gebracht werden. Jetzt geschah das, was ich niemals vergessen kann und was mir meine Geschichte erst erzählenswert macht: Hastig faßte Mama meine Hand mit hartem, umklammerndem Griff, so als hätte sich ihr eben eine neue Energiequelle aufgetan, von der sie bisher keine Ahnung hatte, zerrte mich, zerrte meine Tränen, mein Mitgefühl weg von dem Ereignis.

- Wir flohen über den Domplatz, als folgten uns grausame Gespenster, lebendiggewordene Domleichen aus dem Mittelalter.

Es war, als wäre auf niederträchtige Weise die Angst und die Unruhe aus den Augen des Alten in Mama übergewechselt. Schon ein wenig kurzatmig – sie litt ja ein Leben lang unter dem schrecklichen Symptom – sagte sie: "Das darf uns nichts angehen, hörst du, das nicht!" Da, zum ersten Male in meinem Leben, fühlte ich die tiefe Unheimlichkeit der Welt. Erst viele Jahre später fand ich die erlösenden Worte hierfür:
"In einem Lande, wo Verfolgung ist, werden alle verfolgt." Das sind keine erlösenden Worte?
Doch wo Erkenntnis ist, da ist auch Erlösung.

9. Kapitel: Das Inferno – oder nie mehr Hagebuttentee

Straßenbahnen gondeln durch Plauen wie in allerbesten Friedenszeiten. Ein dichter Wald umschließt die hübsche Stadt im Vogtland. Aus grüner Höhe auf Häuser schauen, die bewohnbar sind, ist möglich. Was für ein Anblick! Auf den Plätzen, in den Geschäften ausgeglichene Menschen anzutreffen. Das war, bevor die Stadt ihre Leichen packpapierumhüllt bestattete. Das war, bevor für Plauen die Stunde des Sterbens kam und die Särge Mangelware wurden.

Das Flüchtlingslager nicht weit vom Bahnhof, Anger-Schule. "Alles wie gehabt", sagt Großvater. Niedergewalztes Stroh, an der Wand das Führerbild. Wir einen Fensterplatz. Lobsack mit Familie gleich daneben. Selbst die gebogenen Marmeladenschnitten warteten auf uns. Brot mit Marmelade unansehnlich wie Fußlappen. Evas abfällige Sprücheweisheit, sofort zur Stelle: "Stinkt wie Fußlappen, daß du das essen magst!"

Am Nachnittag erlaubt uns Mama in das Hallenbad zu gehen. Mäuschen kann nicht mit. Wer hat schon an Badesachen gedacht. Frau Lobsack hat gerade ihren Schweineknochen aus der Gulaschkanone am Wickel. Ihre dicken Lippen nehmen ein Fettbad, auch das Kinn beteiligt sich daran. Wir zeigen Brigitte unsere funkelnagelneuen Badeanzüge, ein Weihnachtsgeschenk von Papa, ohne Punktekarte in Preßburg von seinem Wehrsold gekauft.

Wir finden viel Aufmerksamkeit damit, nicht nur bei Brigitte. Da wir einmal am Zeigen sind, holen wir auch Mamas Weihnachtsgeschenk zum Bewundern aus dem Rucksack. Zwei Paar Stümpfe aus reiner Seide. "Anziehen", sagt Lobsack. "Wenn se' nur besser halten würden, immer gleich ne' Laufmasche", ergänzt seine Alte.

Das Hallenbad geöffnet. Das Schwimmbad vorübergehend nicht benutzbar. Wir dürfen duschen. Die neuen Badeanzüge, die wir eigentlich nicht brauchen, endlich einweihen. Also mit uns, mit ihnen unter den Brausestrahl. Eva macht keine gute Figur darin. Dünnsein nicht modern, Rippen zeigen, ein Unterlegenheitssignal. Sie hat so viel Freude am leuchtend blauen Stoff mit den weißen Fischornamenten darauf, daß ich ihr nicht verraten mag, wie blöd das an ihr aussieht.

Schön kann das Leben sein. Wie losgelassene Ponys springen wir unter dem nassen Strahl herum. Wir trinken die Feuchtigkeit wie Brause. Wir bespritzen uns mit eiskaltem Wasser und möchten uns kaputtlachen. Als die Badezeit um ist, benutzen wir eben rasch mal das zwei Zentimeter große Stück Seife, das uns Mama mitgegeben hat.

Nachts Fliegerangriff auf Plauen: Voralarm! Anordnung von der Lagerleitung, die bombensicheren Felsenkeller aufzusuchen. Wir glauben nicht an die Bombardierung der Stadt. An das Kriegsende und, daß wir bald wieder in der Heimat sind, glauben wir. Wir glauben, was wir hoffen.

Wir haben nicht die Absicht, in die Nacht laufend, einen Felsenkeller aufzusuchen. In Breslau sind wir bei Fliegeralarm auch nur in Kellerräume gegangen, wohin auch sonst? Hier versperrt ein Mann, die Arme weit ausgebreitet, den Eingang zum Kellergeschoß der Schule. "Felsenkeller, Felsenkeller, Felsenkeller", wiederholt er monoton mit unangenehmer Stimme. Dafür, daß er uns in die Nacht rausschickt, hassen wir ihn.

Wir laufen durch dunkle unbeleuchtete Straßen, vor uns, hinter uns Menschen. Der Weg ist weit. Die Übereile der meisten alarmiert Angstgefühle. Mamas Keuchen an meiner Seite senkt Signale von düsterer Ahnung in mein Herz. Bevor wir die sauerstoffarme, feuchtkalte Felsgruft erreichen, Vollalarm, und sofort erste laut dröhnende, ohrenbetäubende Bombeneinschläge; hinwerfen oder weiterlaufen? Ein Flammen, Blitze und Donner spukkendes Ungeheuer, will die Erde in Stücke reißen. Von einer Menschenschnur werden wir in eine aus allen Poren tropfende Höhle gezogen, wir angstnassen Menschenbündel umgeben von zusammenkrachenden Steinriesen – Wohnhäuser, die hinter uns ausgelöscht werden.

Wir haben nicht die Absicht, uns wieder dorthin zu begeben. Beim nächsten Fliegeralarm schiebt Mama, von einem ihrer vulkanartigen Ausbrüche beherrscht, die wegversperrenden Arme beiseite. Wir erobern das Kellergeschoß des Flüchtlingslagers. Zum Glück, andere werden später auf dem Weg zum Felsenkeller zu Tode kommen, auch Horst und seine Angehörigen aus Schlesien: Wir werden beim Abendbrot sein, Voralarm. "Stopp a bissel Horste", wird seine Oma sagen.

Der Zwölfjährige wird sein Brot fallenlassen, sie werden auf die Straße rennen; nur bis zum nächsten Splittergraben kommen, dann Bombenabwurf. Ihre zu Puppenbündeln zusammengeschmorten Leichen, werden von anderen nicht rauszukennen sein.

Bevor es dazu kommt, leben wir in leichtsinniger Ahnungslosigkeit. Der Lageratmosphäre zu entgehen, unternehmen wir weite Ausflüge in die schöne Umgebung von Plauen, mal in den nahen Wald, mal in die gepflegten Gartenanlagen der Vorstadtsiedlungen. Das Wetter ist mild, vorfrühlingshaft. Vogelgezwitscher und Schneeglöckchen machen uns froh.

In den Vogtländern lernen wir freundliche, aufgeschlossene Menschen kennen. Eine Frau, etwas älter als Mama, hat uns eingeladen, sie zu besuchen. Nicht weit von dem Flüchtlingslager, Dachgeschoßwohnung. Bevor wir gehen, die übliche Kontrolle. Mama will sehen, ob Mohrrüben auf unserem Hals wachsen. Schwein gehabt, ich passiere die Kontrolle ohne Aufsehen zu erregen. Eva bleibt in Mamas Zorn hängen. Sie hat eine fettige Haut, einmal nicht waschen und schon ist sie der Schlamperei überführt. Sie schaut anklagend zu mir, und ich ahne, was sie sagen will. "Die Ros hat sich auch nicht gewaschen." Sie überlegt es sich anders, nimmt das Handtuch und geht in den Toilettenraum. Als Geschenk nehmen wir ein Paar Seidenstrümpfe mit. Großvater ist dafür, daß wir uns einen angenehmen Nachmittag machen, aber deshalb gleich Strümpfe verschenken?

Im Korridor ein Gemisch von Anisplätzchenduft und Bohnerwachsgeruch. Die Wohnung strotzt vor Sauberkeit, selbst Mama hätte nichts hinzuzufügen.

Im Schlafzimmer hellblaue Seidendecken über den Betten; an der Wand ein schwarzumrandetes Porträt, ihr Mann, in Rußland gefallen. Zu den Anisplätzchen Hagebuttentee, ein leicht säuerliches Getränk, Saccharin gesüßt. Das war am 22. Februar 1945.

Am nächsten Tag: Kein Haus, keine Seidendecken, kein toter Mann an der Wand, keine Wand; ein Trümmerfeld, im Keller erstickte Menschen. Bis heute mag ich keinen Hagebuttentee mehr trinken.

Am 23. Februar der erste Großangriff auf Plauen. Wir haben im Keller der Schule überlebt. Wenn man das so sagen kann. Was mit uns wirklich passiert ist, ich habe Zweifel, ob es erzählbar ist, ohne sich nochmals in das Zentrum der Angst zu begeben, in die Situation, in welcher der Mensch ein Nichts, ein Zubeseitigendes, ein Ungeziefer, ein von der Erde zu wischender Dreck ist. Genau so aber fühlst du dich, wenn sich über deinem Kopf mit einem deutlich vernehmbaren Klix Flugzeugklappen öffnen, Tod über dich werfen. Mit jedem Klix, Klix , Klix fühlst du nichts als Vernichtung.

Leben willst du, aber bist in der Situation des Todes. "Jetzt müssen wir sterben", sagt Eva. Woher sie nur die Worte nimmt, Laute kalter Verzweifelung, dem Sterben entrissen. Unvorstellbares Dröhnen, Krachen, Donnern, Wändezittern, Panikschreie. Ich bin stumm vor Entsetzen.

Mama beugt sich über unsere schmalen, zittrigen Kinderkörper, in der Absicht, mit ihrem Rücken das Schlimmste von uns abwenden zu wollen. Aus einer defektgebombten Gasleitung des Nachbarhauses strömt giftiges Gas zu uns. Der Ausgang des Kellers geröllzugeschüttet. Nicht Eva, ich verliere kurzzeitig das Bewußtsein ... Entwarnung, rechtzeitig. Der Ausgang zu unserer Kellergruft wird im Eiltempo freigelegt.

Steinwüste draußen, aus der Flammen schlagen, Plauen brennt ... Die vordem vertraute Umgebung unter Feuer und Geröllchaos begraben. Alles fremd an mir und dem außerhalb von mir. Starres Erwachen aus einem todesähnlichen Schlaf, setzen sich dennoch meine Beine in Gang – von denen ich auch nicht recht glauben mag, daß sie, so wunderbar unversehrt erhalten, zu mir gehören, um mich durch eine zerstörte Welt zu tragen. Wir haben überlebt. Die Frage ist berechtigt, was von uns hat überlebt. Bestimmt nicht die Hoffnung, nicht der Glaube an die Menschen, nicht der Glaube an uns selbst.

– Durch brennende Trümmerlandschaft gehen, im Gänsemarsch mit einem Völkchen Vertriebener, auf dem Buckel oder in den Händen ein kümmerliches Gepäck, in dem Unentbehrliches fehlt, ein Bild, was sich tief und fest in dein Bewußtsein, in deine Haut, in dein seelisches Sein einritzt, was dich viel später zum Pazifisten macht, ungeeignet für ein Leben in einer Diktatur. – Die zukünftige Staatsfeindschaft, dem Kind, das ich war, vorprogrammiert?

Das Flüchtlingslager, keine Augen mehr, ein mund- und zahnlos gewordenes Steingerippe, keine Türen, keine Fenster. Gespensterschloß aus dem Mittelalter, zertrampelte Strohwüste in seinem Bauch. Nächstes Asyl Kemmler-Schule, am Stadtrand. Ein ekelhaftes Massenlager voll Gestank und Ungeziefer. Dreißig Menschen in einem Raum, in unserem auch Evakuierte aus Dresden. Eine Musiklehrerin mit ihrer betagten Mutter, einem kleinen, hilflosen Wesen aus Haut und Knochen. Die Tochter eine breitschultrige Frau mit einem rasantschwarzen Bubikopf, kräftiger Nase. Kaum vorstellbar, daß die beiden so eng miteinander verwandt sein sollen. Ewig kackt die Alte die Hosen voll. Kacke und Hosen versteckt sie unter dem Stroh. Außer sich vor Wut reagiert darauf die Tochter mit einem Mordsgeschrei. Auf Geschrei noch mehr Kacke.

Blaß und unauffällig, Gesicht und Stroh kaum auseinander zu erkennen, abgemagert und schwächlich, kein Mut sich von dort zu erheben, wo sie ihre Exkremente versteckt, weckt die arme Angstkranke bei mir eine Erinnerung an eine andere Einsame. Es war in den Jahren 1943/44 in Breslau, Göppertstraße 9, wo wir glücklich waren. Zwei Stockwerke unter uns wohnte eine Witwe, welche vor vielen Jahren, vom jüdischen Glauben zum katholischen konvertierte.

Von ihren zwei Töchtern, den Fräulein "Lausch", war bekannt, daß sie in Arbeitslagern waren, Schützengräben ausschachten. Die Witwe, ein uraltes gebrechliches Weiblein, verließ nur äußerst selten ihre Wohnung, ja es kam eine Zeit, in der wir sie fast gar nicht mehr zu Gesicht bekamen.

Eines Tages erlebte ich zu meiner Überraschung, wie sie, aus dem hinteren Hauseingang (dort, wo es zu den Kellergeschossen und zum Hof geht) heraustretend, klein, gebückt, am Stock, Augen erdwärts gerichtet, einen Spaziergang antrat, zwei handfeste Männer an ihrer Seite. Von meiner Beobachtung erzählte ich Mama. "Die ist doch Christin", murmelte sie vor sich hin, aus ihren Worten hörte ich ein tiefes Erstaunen, vielleicht auch ein wenig Zweifel an der Richtigkeit meiner Darstellung. Aha, es geht in die Kirche, dachte ich, vielleicht nicht ganz freiwillig, bei mir war das ja auch manchmal so, erst recht, wenn vom Himmelsblau oben die Sonne kräftig einheizte und Badefreuden lockten.

Wie dem auch sei, in der Rückerinnerung wollen mir die Bilder von der über achtzigjährigen Witwe "Lausch", Jüdin, zum katholischen Glauben konvertiert, von einem Spaziergang nie zurückgekehrt und der permanent Angstleidenden im Lager in Eins geraten.

In Flüchtlingslagern - so las ich später (auch bei Ruth Klüger) - haben sich erfolgreich Juden versteckt. Die zwei Frauen aus dem zusammengebombten Dresden, Mutter und Tochter, könnten Juden gewesen sein. Unauffällig sein wollen und unauffällig sein, eben zwei sehr verschiedene Dinge. Zwanghaftes Wollen, unbeachtet zu bleiben, die Sackgasse, die in die Auffälligkeit führt?

Eine Nachricht, die niemanden freut, hat uns erreicht: Wir sind beim Abendessen, gebogene Schnitten mit Wurstaroma, vermutlich jemand mit D-Zuggeschwindigkeit Leberwurst drüber gefahren. Eva fühlt sich näher denn je einem Erstickungsanfall. Husten, prusten, Augen einwässern, zu Mama sehen, ausspucken: "Dreckschwein", genau mir auf die Hand ... Ich bekomme eine völlig unbedeutende Kopfnuß – sie besagt nur, daß Mama noch vorhanden ist.

Indem ich mache, als ginge mich das kurzeitige Zusammenstoßen von Mamas rhythmischer Hand und meinem Kopf nichts an, wird von draußen die Tür aufgerissen, spätestens jetzt ist die Anteilnahme unserer Mitbewohner abgelenkt von mir. Anordnung von der Lagerleitung: "Zusammenrücken! Flüchlinge aus Besarabien angekommen." Frau Lobsack protestiert für uns alle: "Wir sind voll, voll, voll", jammert sie, ihre berühmte Leidensmiene aufsetzend, Augen halb geschlossen, Mund zu einem verschreckten Dreieck verzogen.

Zwei von den Besarabiern werden uns reingewürgt. Wir schachteln uns so zusammen, daß sie neben der ein- kotenden Dresdnerin zu liegen kommen. Die Rußlanddeutschen haben Kleiderläuse, ein Ungeziefer, welches es sich in wochenlang ungewaschener Kleidung gemütlich macht, besonders gern sind sie in Nähten, Tasche und Aufschlägen zu Hause. Hauptbetroffen sind Herrenanzüge, weil es dort Verstecke gibt, die sie sich in ihren kühnsten Läusephantasien nicht ausmalen können.

Die Rußlanddeutschen sind unsere Brüder und Schwestern und sie bekennen sich zu Adolf Hitler, zum Großdeutschen Reich und zur Volksgemeinschaft - Das weiß ich seit Herbst 1944. Da habe ich Massen von ihnen am Breslauer Hauptbahnhof ankommen sehen, irrsinnig bepackt, deshalb keine Augen auf uns, die wir vor Mitgefühl zitterten. "Warum müssen sie fliehen?" fragte ich Großvater. "Fragen hast'e, ne' wirklich, das Mädel fragt einem Löcher in den Kop'!"

Sie halten von selber Distanz, unsere unauffällig – auffälligen Bögen um sie erübrigen sich! Durch viele Flüchtlingslager geschleust, sind sie vermutlich daran gewöhnt, daß man ihrer Fremdartigkeit mißtraut, und sie sind es leid, dagegen anzukämpfen. Der Besarabier, ein langer Mann – lang durch seine in Brustnähe beginnenden Beine, wenig Spielraum für den Bauch. Offenbar gehört er zu den Menschen, die mit einem Minimum an Nahrung zurechtkommen. Sie sind dünn, knochig, schmalbrüstig, oft ist das Kräftigste an ihnen der Bartwuchs; bei dem Rußlanddeutschen reicht er bis in die Grießsuppe.

Die Frau, Schwester oder Ehehälfte, ein Gegenentwurf zu ihm: Beine, um deren Kürze man nur ahnen kann, die ist unter einem langen, schweren Rock versteckt, Gesichtsbacken, rund und üppig, und sie lächelt, lächelt in einem fort, lächelt bis man sich peinlich davon berührt fühlt, weil einem das Unbehagen ankriecht, welches sich hinter dem Lächeln versteckt.

Wir könnten mit ihnen zufrieden sein, sind es aber nicht. Ihre Haustierchen sind daran schuld, sie denken gar nicht daran, das distanzierte Verhalten ihrer Gastgeber nachzuahmen. Das marschiert, das krabbelt, das kriecht, das springt von Filzdecke zu Filzdecke, das sagt jeden Tag einem anderen "Guten Morgen."

Schon heißt es im Lager, wir haben alle Kleiderläuse. Eine ungeheure Niederlage für Mama, eine Beschämung unerträglichen Ausmaßes, ein Fall, sich über verschiedene Selbstmordmöglichkeiten auszulassen, von denen wir keine einzige haben. Wir müssen zur Entlausung ... Wir haben keine Läuse, und wir haben nicht die Absicht, uns welche einreden zu lassen.

Anordnungen, die man umgehen will, sind besonders gewissenhaft entgegen zu nehmen. Wir gehen in die Entlausungsanstalt, duschen – ach wie gut das tut – ziehen sofort unsere Sachen wieder an und verlassen die Stätte, die eine Stunde später ein Trümmerfeld ist. – Keine Minute haben wir daran gedacht, uns von unseren Kleidern zu trennen, splitternackt im Duschraum darauf zu harren, sie zerknautscht, zerkocht, vergiftet, eingetauscht zurückzubekommen, solange zu spannen bis uns im zugedampften Duschraum die Luft wegbleibt.

Großvater läßt sich entlausen, kalkweiß im Gesicht, über und über von Geröllstaub bedeckt, sogar Augenbrauen staubübersät, kommt er zurück.

Was er dort zu sehen bekam, möchte er uns lieber nicht erzählen, aber jetzt weiß er mit Sicherheit, daß der Erste Weltkrieg ein harmloses Unternehmen war und, daß den Dritten Weltkrieg keine Laus mehr zu sehen bekommt, weil es dann nichts Lebendiges und Kriechendes mehr auf unserem Planeten gibt.

Am nächsten Tag eine angenehme Überraschung, "Winterhilfswerk" sortieren. Eine willkommene Abwechselung. Etwas für die Ärmsten der Armen tun. In eine Turnhalle geht es, nicht weit vom Lager. Kinder haben dort nichts zu suchen. Sofort sind Eva und ich keine Kinder mehr. Überhaupt, wer Mama will, muß uns mit dazunehmen. "Meine Kinder bleiben bei mir." Kriegserklärung an die, welche etwas anderes von ihr wollen.

All unsere Erwartungen übertroffen "Schlaraffenland-Turnhalle". Ein Winterhilfswerk, welches jeden Gedanken an mangelnde Spendenbereitschaft entwurzelt. Nur hat die Sache einen Haken – an dem ich noch heute meine Phantasie wundschürfe. Was hier lagert, zu Bergen angehäuft, gegen die Wand der Turnhalle drängelt, hat mit meinen Erfahrungen über das Winterhilfswerk, die ich als sammelfreudiges Schulkind machte, herzlich wenig zu tun. Bei Gott, ich kann mich nicht erinnern, besonders Wertvolles erhalten zu haben, außer von den Herren des Domkapitels, kirchlichen Würdenträgern, von denen ich wundervolle Tuchware bekam, mit der ich dann bei meiner Jungmädchenführerin, der Traudel, die ich über alles liebte, viel Aufmerksamkeit erregte.

Abgewetztes, Abgescheuertes wurde mir, oft mit großer Geste, entsagungsvollem Lächeln, und Greiffingern gereicht. Neuwertiges, Geschontes, für besondere Anlässe bestimmtes, Sonntagssachen waren nur äußerst selten dabei.

Hier bekommen wir es zu sehen, das sorgfältig Behandelte, das Gepflegte, das für den Sonntagsausflug bestimmte, die "Guten-eindruck-mach-garderobe". Bekleidung aller Art aus Wolle, Seide, Leder, Baumwolle, in prachvollen hell-bunten, in feingetönt dunklen Farben, schwere Männeranzüge, duftige Frauenkleider, entzückende Kinderkleider; fast neuwertig, pastellige Babysachen, die ich mir gleichmal an meine Brust drücken möchte.

Erschreckend ein Mamutberg von erstklassigen Schuhen: Traurig ihre Daseinsweise, weil kein rechter von seinem linken Bruder weiß. Alles leichtsinnig durcheinander gewürfelt; so als hätte eine Menschenmeute, sich auf Kommando entschlossen, nur noch barfuß zu laufen und ihr Schuhwerk im hohen Bogen von sich geworfen. Sortieren! Unmöglich.

Wir wenden uns einem anderen Berg von Zusammengewürfeltem zu. Leibchen, Röcke, herrliche Stricksachen, Leinenzeug, Büstenhalter, Hüfthalter mit Panzerstäben. Eva zieht grinsend so ein rosarotes, strammes Ding aus dem Durcheinander, um es sich süßlächelnd an ihre ins Universum stoßenden Hüftknochen zu halten. "Sortieren sollst'e, aber ni' probieren." Spielerischen Umgang mit den schönen Dingen leidet Mama nicht, mit Dingen, welche schon morgen eine Brandbombe mitten ins Herz treffen kann, warum denkt sie nicht daran!

Andere Menschen sind lockerer im Umgang mit den Sachen rätselhafter Herkunft; sie inszenieren Verkleidunsspiele – wie ätsch, ich bin dicker als du; verkleidet als Schwergewichtige, Fettsüchtige, als Schwangere verlassen sie die Turnhalle. "Wehe, ihr nehmt etwas", droht unsere Lebensdirigentin, ihr Himmeldonnerwettergesicht parat. Sieh da, Eva! Die Nichtaufmüpferin, schmuggelt dennoch einen Büstenhalter raus, den sie so dringend braucht, ihre winzige Brust verlangt danach. Das was noch werden könnte – stärker als alle Verbote.

(Heute glaube ich zu wissen, warum wir nichts nehmen durften – arme Mama, arme Erwachsenenwelt, die damit leben mußte.)

Die Serie von Luftangriffen auf Plauen reißt nicht ab. Eine Stadt, die gleich Dresden, gleich Breslau bis kurz vor Kriegsende erhalten war, wird haßwütend zu Asche gebombt. Wir gehen in keinen Luftschutzraum mehr, verschüttet werden, das wollen wir uns nicht antun.

Bei Fliegeralarm laufen wir in den Wald. Wenigstens Sauerstoff haben, atmen können bis zuletzt. Der Wald in Schulnähe, zwei Straßen weiter über eine Holzbrücke und schon sind wir da. Kracht es werfen wir uns auf den Waldboden, manchmal schon beim Heranbrummen der schweren Bomber.

An Mama eine Veränderung zu beobachten, die uns zu denken gibt. Nicht essen, kaum sprechen, auf dem Stroh oder auf einer Schulbank teilnahmslos sitzen, vorsichhinsinnieren. Manchmal mich oder Eva zu sich befehlen, dann ist Kopfläusesuchen angesagt.

Meinen Kopf zwischen ihren Knien, wie in einem Schraubstock eingeklemmt, muß ich Stunden ausharren, während sie nur einer Beschäftigung nachhängt: Laus für Laus von den Haaren sammeln, um sie dann, mit einem deutlich vernehmbaren "Knacks" zwischen ihren Daumennägeln zu zerquetschen. Auch die Nüsse sind dran, das sind die Läuseeier, ein Unternehmen ohne Ende – das nur Fliegeralarm weicht. Dem starren Schraubstockopfersein folgt flatternde Angst.

Es kommt die Stunde, wo uns Mama für immer verlassen will. Schlafenszeit. Großvater liegt schon; Eva kratzt eben noch einmal auf der abgesuchten Läusebucht. Bei mir meldet sich Hunger. Außer Marmeladenschnitten gibt es im Lager wenig Genießbares. Die Sirenen heulen, Voralarm. Keiner macht Anstalten, mit uns in den Wald zu laufen. Großvater war nie mit. Ihm ist es egal, wo es ihn erwischt. "In den Keller", befiehlt eiskalt die, welche es zu bestim- men hat. Eva fängt sofort an zu weinen. Sie will nicht wieder in den Keller. Ich will es auch nicht, habe aber keine Tränen, verlasse mich auf Bitten. Widerstandsmüde folgt Mama uns in Richtung Wald.

Wir kommen zur Holzbrücke, die scheinbar Willenlosgewordene plötzlich einem bösen Tatendrang unterworfen. Entschlossen versucht sie, sich über das Geländer zu werfen. Sie kann nicht schwimmen. Wir haben alle Mühe, sie von dort wegzureißen. Wir hängen uns an ihre Beine, umklammern ihre Arme, betteln, flehen, uns nicht zu verlassen.

Wir behaupten, daß wir ohne sie nicht leben können. Ihre Kräfte versiegen, sie überläßt sich uns. Wir ziehen laut heulend zum Wald.

Heute glaube ich, Mama verfügte über mindestens einen Sinn mehr als wir. Sie ahnte, daß uns, eben da, wo wir die meiste Sicherheit erhofften, die größte Katastrophe bevorstand. Ihre Depression, ihre Tatenlosigkeit, ihr mangelnder Lebenswille, sofort überwunden, als wir das Inferno im Wald überstanden hatten. Was soll ich sagen? Man lese in ihrem Tagebuch: Über unseren Köpfen fünf Kampfverbände. Neunzig Minuten Bombenabwurf, Einschläge im Wald und Umgebung. Häuser krachten zusammen, als wären es Streichholzschachteln. Keine Minute hoffen, da lebend rauszukommen. Sterben, ein entsetzlicher Vorgang des Zerrissen-, Zerschmettert-, Verbranntwerdens vor Augen, – lange neunzig Minuten.

In Westeregeln, unserem Bestimmungsort nach dem Krieg, versuchte man mir Weihnachten 1945 meine Kindheit zurückzugeben. Eine von Dorffrauen gebastelte Stoffpuppe bekam ich geschenkt. Eine Puppe? Was, wie, wohin damit? Nur an den Moment der Übergabe erinnere ich mich, sonst weiß ich nichts von ihr. Nicht was sie für Kleider trug, nicht was aus ihr geworden ist, nicht mal, ob ich bei ihrem Empfang danke sagte, weiß ich oder nur verdattert war. Die Puppe war völlig bedeutungslos für mich.

Auch die Kemmler-Schule unbewohnbar geworden. In die nächste Schule. Dort bei Fliegeralarm wieder in den Keller. Nachts eineinhalb Stunden Bombenabwurf:

Flüchtlingslager ohne Fenster, ohne Türen. Mama glaubt, die Engländer hätten es auf Flüchtlingslager abgesehen. Sie hat einen Entschluß gefaßt. "Wir verlassen Plauen!"

Niemand von den Flüchtlingen in unserer Unterkunft hat vorher an eine solche Möglichkeit gedacht. Plötzlich ist sie allen plausibel. "Wir gehen mit Ihnen", Frau Bero. "Wir auch!" "Wir auch!" Mama war wieder Frau Bero geworden, ach wie gut ihr das tat. Aufblühen von Initiative unter ihrer Regie, das war es, was sie glücklich machte.

Da war ein Packen, ein Zusammenraffen, ein eilig in die Sachen springen, da war kein Abwarten auf Frühstück. Am sehr frühen Morgen zog Käte Bero die Karawane raus aus Plauen nach irgentwo.

10. Kapitel
Ein hübsches, kleines Mädchen –
1oder der Weg ins Ungewisse

Vor uns die Landstraße, über uns wolkenlos blauer Himmel, rechts Wald, hügelig nach oben ziehend, von dort lebhaftes Vogelzwitschern. Was für ein Tag, der 23. März 1945! Ohne Frühstück, in ausgetretenen Schuhen, ohne festes Ziel, weg von der Angst, raus aus Plauen.

Eva entdeckt das Laufen, Großvater spricht über seine Zeiten als Landbriefträger und über alles, was er seidem erreicht hat. Baby Reiner Puschmann, das Mama auf der endlosen Fahrt von Görlitz nach Dresden mittels heißen Kaffee half vom Kältetod zu retten, gluckst fröhlich aus dem Kinderwagen. Lobsack haut mit einem Knüppel dicke Löcher in die Luft, schwört auf dem nächsten Bauernhof die Prothese abzuschnallen, auf den Endsieg zu warten, der kurz vor der Tür steht, lacht schallend ein widerliches Lachen. "Vielleicht gar noch auf dem Bauernhof frische Kuhmilch trinken, direkt aus dem Euter", witzelt jemand.

Erster Halt an einer Dorfgaststätte. Wir studieren die Speisekarte. Sie ist uralt, aber ihre Speisen riechen frisch und unverbraucht von ihr runter. Großvater ist zum Scherzen aufgelegt: "Wenn heute der 20. Januar wäre und wir noch Fleischmarken hätten, könnten wir Vogtländische Klöße mit Rouladen essen", sagt er.

Wir bekommen warme Getränke. Frühstück? Ganz
unmöglich, die Flüchtlingslager seien in Plauen, am
besten da Quartier machen oder ... ja oder nach
Lottengrün, dort fahren noch Züge ab. Wir
entscheiden uns für "oder".

Lottengrün! Heitere Natur, blitzsaubere Häuser,
liebliche Gärten, umzäunt wie es sich gehört, bellende Hunde, die nicht beißen, ein sich im Sonnen-
licht räkelndes Kätzchen ... und für uns, nicht zu
fassen, eine Gemüsebrühe, die Suppeneintopf genannt wird.

Auf dem Bahnhof Friedhofsruhe. Der Fahrplan
erinnert an die verstorbene Speisekarte. Wir sinken
auf abgewetzte Holzbänke ohne Anlehne. Rücken
und Füße schmerzen, aber die sich von uns lösende
Angst macht den Weg frei für eine tiefe angenehme Müdigkeit. Jetzt ein Strohlager, und wir wären
restlos glücklich. Ich bin so einfältig, meine Sehnsucht nach einer Schütte Stroh auszusprechen.
"Größenwahnsinnig geworden, das blöde Aas." –
Viel später, als wir uns schon sorglos in strammen
weißen Betten wälzten, konnte Mama in Erinnerung an meinen harmlosen Wunsch noch immer in
Traurigkeit fallen.

Nach Stunden aus der Ferne ein Geräusch, das
uns mißtrauisch macht, wahrhaftig ein ausrangier-
bedürftiger Zug scheppert heran. Wir fahren nach
Ölsnitz, dort soll es ein Übergangslager geben.
Übergangslager mit Übergangszeit, geeignet unsere
Erwartungen wieder auf Vorkatastrophenzeit einzu-
stimmen. Doppelstockbetten, ich darf oben schlafen.

Vorher im Schulkeller Kartoffelstückensuppe mit irre viel Lunge essen. Großvater weiß selber, wann er genug hat, das braucht ihm keiner "trichtern"*). Lobsack hat schon Pferde kotzen sehen und sogar vor der Apotheke. Auf mich achtet keiner, ich weiß nie, wann aufhören. Soviel hinteressen bis ich glaube, aus Nase und Ohren Kartoffelsuppe zu dampfen.

Nachts Fliegeralarm. Die Bomber unterwegs nach Plauen. "Ganz Plauen unterwegs ins Feuer", sagt Mama. Das klingt, als wäre Freiwilligkeit dabei. Freiwillig Mordopfer sein, wie soll ich das verstehen?

Am nächsten Tag nach Bad Elster. Wer Ende des Krieges nicht dort war, hat keine Ahnung, wie wunderbar das Leben selbst in den allerschlimmsten Zeiten sein kann. Reizvolle Grünanlagen, spiegelglatte sanft schimmernde Rasen, herrlich gepflegte Villen mit malerischen Vorgärten, durch Park und Alleen promenierende, elegant angezogene Leute, alte Damen mit süßen Hündchen, junge Mädchen auf hochhackigen Schuhen, schicke Kerle an ihrer Seite in prachtvollen Uniformen.

"Aha, hierher haben sie sich zurückgezogen", entrüstet sich Großvater. "Wer", frage ich. Mama darauf ungehalten, "die Bonzen." "Ach wären wir doch auch Bonzen", denke ich. Wir stehen vor einem öffentlichen Gebäude; von dort Auskunft holen, wie es weitergehen soll. Ein Mann mit Kragenweite sechsundfünfzig kommt auf uns zu, außer seinem Fetthals quillt noch etwas anderes aus ihm raus. (Ich denke mal, es war Verachtung.)

*) trichtern = beibringen

"Hier dürft ihr nicht stehen", sagt er. "Dann sagen sie uns, wo wir sitzen können!", pariert Mama. Ihre Wut sitzt so locker, daß wir glauben, eine Lawine von Haß überrollt gleich alles und jeden. Der Dickhalsige hat einen Moment des Verlustes von Selbstsicherheit. "Vielleicht ... , vielleicht ..." und nun wagt er einen ganzen Blick auf uns. Schon weiß er es! "Am Besten mit dem nächsten Bus nach Markneukirchen, dort gibt es ein Flüchtlingslager." Bleiben möchte ich, keine Lust mich von soviel Frieden zu trennen. Brennende Häuser, übelriechende Strohlager, Todesfurcht jetzt hintersichlassen. Quartiermachen, wir könnten es doch wenigstens versuchen. Warum denkt keiner der Erwachsenen daran. Der nächste Bus nach Markneukirchen, angeblich extra für uns bestellt – "uns loszuwerden, klappt die Organisation", wird zurecht genörgelt – fährt erst in vierzig Minuten. Vorwand, mich von den Wartenden zu trennen, meine, seit Kälteansturm im Winter hoch sensibele Harnblase. "Deine ewige Pullerei geht einem schon auf die Nerven", meckert Mama.

Ich entferne mich von der Truppe aufgebrachter Menschen, gehe auf eine schmucke Villa zu, einzigartig umgrünt, freundliche lichtanziehende Fenster, unverschlossen das Gartentor. Klingeln! Warten mit klopfen- dem Herzen, wie vor dem Empfang der Ersten Heiligen Kommunion. Geräuscharmes Türöffnen von Innen. Ein eleganter, älterer Herr freundlich lächelnd steht vor mir, neben ihm ein bitterböses, weißes Wollknäul, was seine Ohnmacht in einem lautstarken Kläffen kundtut. Zum Streicheln süß! Ich bücke mich zu der niedlichen Aufgebrachtheit und vergesse für einen Moment, weshalb ich hier bin.

Seltsam sollte Streicheln ansteckend sein? Ich fühle wie jemand über meine mühsam von Läusen frei-gesuchten Locken fährt. Aufschauen zu einer gepflegten Dame. Kurzes, brünettes Haar, blaue Augen, gewinnendes Lächeln, nicht mehr ganz jung, von meiner Warte aus gesehen, schon bei-nahe ältlich, dabei, wie ich zu meiner Überra-schung feststellen kann, hübsch. Sie gefällt mir, und ich fasse sofort ein tiefes Vertrauen. Sie möchte wissen, zu wem ich gehöre und woher ich komme. Da ich anteilnehmende Zuhörer habe, hole ich ganz schön weit aus. Nur einmal halte ich kurz inne, als beim enthusiastischen Erzählen meiner Geschichte die Gefahr kommt, plitz-plautz aus der Angst in den Stolz zu fallen. Gottlob, sie haben es nicht bemerkt. – Wieder streicheln –, ich mag es nur von wenigen. Blicke wechseln mit dem liebenswürdigen alten Herrn, seufzen, dann sagt die sympathische Dame etwas, was mich erschreckt und mich noch lange beschäftigen wird: "Du darfst bei uns bleiben, geh zu deinen Leuten und frage sie um ihr Einverständnis."

Ich bin schon am Gartentor. "So ein hübsches, liebes, kleines Mädchen, das war schon immer unser Wunsch." Ein wenig traurig klingen die Worte des freundlichen Mannes. Ein Kind hat einen Wert, um den ich noch nicht weiß, so denke ich mal.

11. Kapitel: Die lautlosen Gefahren – oder das Glück zu leben

Markneukirchen, Stadt im idyllischen Vogtland, Heimat tüchtiger Musikinstrumentenbauer, viel Wald, wenig fruchtbare Äcker, arme Bauern. Markneukirchen der Ort, wo wir wieder glücklich waren. Gar seltsam mag das heute anmuten, anläßlich dessen, was mitzuteilen ist: Auf leichter Anhöhe, schon am Ortsrand, unweit vom Wald, die allgemeinbildende Volksschule, jetzt Flüchtlingslager auch volksbildend. Einflüsse von Langzeitwirkung? Mit Sicherheit. Im Keller der Schule schlafen wir dem Einzug der amerikanischen Truppen entgegen.

Die feindliche Artillerie, mäßig vor sich her böllernd, läßt keinen Vergleich mit dem Tod, der aus dem Himmel kommt zu. (Schweres Flugzeugbrummen macht bei Eva und mir heute noch, nach über fünfzig Jahren, die Panik von damals lebendig.) Angsterschöpft sind wir bereit, die noch immer vorhandenen Gefahren nicht wahrnehmen zu wollen. In unserer Umgebung nur ein Gebäude erheblich von Artillerie beschädigt. Am Vortage haben wir vergeblich versucht, dort für uns Quartier zu machen. Ob wir Töpfe hätten, fragte die Hausbesitzerin. "In Breslau", antwortete Mama. "Wie, keine eigenen Töpfe und zwei Kinder, dann lieber nicht." Nun zerstört die trutzige Wohnfestung, aufgeschlitzt ihre Wände, gruselerregend der herunterhängende Balkon, gruselerregend das Lächeln auf Mamas Gesicht.

Das Flüchtlingslager: Keine Doppelstockbetten wie in Ölsnitz. Fünfundzwanzig und mehr Menschen in einem Raum, verbrauchtes Stroh, verbrauchte Luft, Menschenmief. Verpflegung: Hundert Gramm Brot am frühen Morgen, ein fingerhutgroßes Stückchen Butter, mittags Erbsen und Bohnengerichte im Wechsel, abends nichts. Sehr bald keine Erbsen, keine Bohnen mehr, dafür eine jaucheartige, tiefbraune Brühe, in der streifenförmige Rübenreste schwammen, wie sie vom Zuckerrübenpressen übrigbleiben.

Obgleich das merkwürdige Gericht einen Anflug von Dörrgemüsearoma hat, schmeckt es von Tag zu Tag widerlicher. Abnehmen im rasanten Tempo. Bei mir sind es fünfzehn Pfund vom Normalgewicht. Ob das gut aussieht, wer weiß, wir haben keinen Spiegel. Eva wird dünn wie ein Spulwürmchen. Blaß, zusammengekrümmt sitzt sie auf dem Strohlager und strickt Schlüpfer für uns. Großvater schneidet aus Mullbinden, die er in einer Apotheke aufgetrieben hat, schmale Streifen, knotet sie aneinander und wickelt ein strahlend weißes Ersatzwollknäul daraus. Das Popobedeckungsmaterial löst sich später wie Pflaumenwatte aus seiner Verstrickung.

Sich in der Gefahr, die lautlos daher kommt, einrichten, liegt mir nicht. Der Gedanke, etwas gegen den Hunger zu tun, läßt mich nicht los. Das Lager verlassen, mich draußen umsehen, abhauen, dazu hätte ich Lust. Werden Erwachsene mutlos, hat ein Kind gleich mal Gelegenheit – eins-zwei-drei im Sauseschritt um ein paar Jahre reifer, selbständiger zu werden.

Vor mir eine lange Nacht. Mit leerem Magen einschlafen, irgendwann geht das, genau genommen, schlafe ich von allen im Raum am besten ein. Die Stunden in der Frühe machen mir zu schaffen. Sie wollen nicht vergehen, sie dehnen sich aus wie ein Nudelteig, der immer noch länger und dünner werden kann.

Dämmerung: Hellwach bin ich. Um mich, Schnarchen, Seufzen, Stöhnen, ein sich wie auf Kommando Herumwerfen. Wann endlich kann ich aufstehen! Zu der sehen, die es verantworten kann. Ihre Augen eisern geschlossen, ich weiß genau, was sie denkt: "Laß mir meine Ruhe." Meine Aufmerksamkeit ungeteilt auf ihren Lidern. So wie sie ein wenig blinzelt, rollt meine Frage auf sie zu. Blinzeln und Fragen, beides ist so fest miteinander verknüpft, daß ich zu guter Letzt nicht mehr recht weiß, ob ich noch Einfluß darauf habe. "Darf ich aufstehen?" "Schlafen sollst'e." Mit einem Ruck, der mehr von Entschlossenheit als von Müdigkeit spricht, dreht sie sich weg von mir. Großvater ist mun- ter. Das wirft er mir vor. "Weißt du eigentlich, wie spät es ist?" Natürlich weiß ich es nicht. Sicher ist es noch ein bißchen Nacht, wenn er so munter und zugleich so ungehalten ist, – er würde auch lieber aufstehen. Eva schläft, vor lauter Schlaf hat sie den Daumen aus ihrem Munde entlassen, offen die Luke. Sie liegt wie ein Hufeisen auf der Decke. "Rücken", herrsche ich sie an. Sie rückt nicht. Ich stecke ihr einen Strohhalm zwischen die Lippen, sie fährt aus dem Schlaf und knallt mir eine.

Aufstehen, zur Toilette gehen. Die Toilette kommt mir entgegen, jedenfalls das, was reingehört.

Eine Frau fragt mich, ob ich das war, "diese Schweinerei." Sie hat ein Nachthemd an bis zu den Fußknöcheln. "Nur nicht stolpern", spotte ich und lache. Woher solche frechen Kinder kommen, möchte sie allzugerne wissen. Ich verrate es ihr nicht.

Decken geradeziehen, Strohhalme absammeln, sorgfältig zusammenlegen. Eva keinen Bock, sich zu erheben. "Laß sie doch noch schlafen", sagt Großvater. Was weiter von ihm kommt, weiß ich im voraus. "Wer schläft, sündigt nicht." Möchte wissen, was es im Lager Feines zu sündigen gäbe. Waschen! Auf Eva warten, die Seife nur einmal naßmachen. Wir können uns nur kurz am Waschbecken aufhalten, es stinkt von den Toiletten jämmerlich nach Urin. Mama zu liebe machen wir wenigstens die Seife naß.

Frühstück im Keller holen. Brot wird abgewogen. Die Erwachsenen gehen selbst, sie wollen den Vorgang beobachten, der Finger soll runter von der Wage, er hat dort nichts zu suchen. Mama hat ein fabelhaftes Brotende erwischt. Es wiegt trotzdem nur so viel, wie es darf. Mit einem spitzen Küchenmesser macht sie allerhand Kerben und Zeichen auf den Ranft, die wie Orakelsprüche anmuten. Sie widmet sich der entsetzlichen Aufgabe, die Ration über den Tag zu zerren.

Großvater denkt nicht daran, so einen Hokuspokus mitzumachen, was weiß er, ob er am Abend noch lebt. Rips-raps ist die gebackene Bäckerkleie hintergefuttert, eingetunkt in schwarze Kaffeebrühe.

Das Butterklümpchen in einem Ritt auf der Zunge zergehen lassen, das sei gut gegen Thyphus behauptet er. Eva unternimmt nicht den geringsten Versuch, uns ihre lebenslange hartnäckige Appetitlosigkeit zu dokumentieren. Ihr Schnittchen mit dem Butterhauch elegant zwischen die überschlanken Finger nehmen, Mäusebissen machen, einen nach dem anderen, zum Verzweifeln andächtig in die Länge kauen.

Heute Mama damit vertraut machen, daß ich abhauen will: Sie hat keinerlei Aufmerksamkeit für mich. Sie hat den traurigen Restbrotkanten, der bis zum Abend überleben soll im Visier, sie zieht die Stirn in Falten, weil sie stark überlegen muß, ob ihre Orakelzeichen wohl richtig waren. Ihre völlige Abwesenheit von dem, was es sonst noch gibt, ausnutzen, meine Botschaft da hineinwerfen. "Also, da gehe ich mal?" "Wohin?" "Nach draußen, irgendwohin." "Meinetwegen." Sie nimmt an, daß ich zum Rübenschnitzelessen wieder da bin. Ich nehme das nicht an.

Der Krieg noch nicht zu Ende, beginnen meine Wandertage auf das Land. Mama gewöhnt sich daran, mich ziehen zu lassen. Kräfte, die früher oft eruptiv, unge- bremst aus ihr herausbrachen – sie war ja ein Verhäng- nis an Aufsichtspflicht – und die sich nicht selten wie giftige Dämpfe um mein Handeln legten, schicksalshaft lahmgelegt.

Abhauen! Verpackt wie im Winter, dicke, braune Makostrümpfe maschinengestrickt, eins rechts, eins links, im kalten Wasser hartgewaschen, alarmroter Wollpullover, paßt zu mir.

Schnürschuhe an den Füßen, knöchelhoch, schief-
getreten, der linke mehr als der rechte, wenn
Mama nur wüßte, woher das kommt. Ich habe auch
keine Ahnung. Wenn erst die Mittagssonne scheint,
Schuhe und Strümpfe ausziehen, Pulloverärmel
hochkrempeln. Endlich sich so fühlen, wie ich mich
immer gern gefühlt habe.

Frische, kühle Morgenluft strömt mir entgegen,
Stille in der Stadt, zwischen den Häusern, auf den
Straßen, einzig in den Bäumen mutiges Zwitschern,
selbst die Artillerie schweigt. Frühsonne schenkt
Geborgenheit. Feurig, die Sprache meines Herzens,
wildes Pochen. Was kann es Schöneres geben als
die erwachenden grünen Tage. Den Frühling unter
der Haut spüren. Leicht und beschwingt werden.
Selber Frühling sein. Laufen über Landstraßen,
durch beschützenden Wald, entlang bunter, korrekt
geordneter und romantisch zerzauster Gärten, angezogen von holzbraunen Heimburgen, verwittert,
kleinfenstrig, niedrig, in die der Hunger noch
keinen Einzug gehalten hat, bewacht von an der
Kette liegenden Ungetümen, deren angekettete
Macht mich aufatmen läßt. Anhalten! Sehnsucht
über einen Gartenzaun schicken! Rasendes Hunde-
bellen, wütendes Ziehen und Zerren an der Metall-
Leine, das sieht nicht nach Freude aus. Die Bäuerin kommt aus dem Haus, eine knochige Gestalt,
Grießgram im Gesicht. "Mach bloß, daß du weiter
kommst." Ich habe nichts anderes vor.

Draußen Überleben ohne zu betteln, gern wüßte
ich, wie das geht, Wegnehmen wäre besser. Da mir
das Bessere versperrt ist, versuche ich es mit dem
Schlechteren.

Es kostet Überwindung, aber es gibt eine Möglichkeit, die Niederlage in Sieg umzuwandeln. Es gibt eine Möglichkeit zu betteln, ohne zu betteln, und das geht so: Sich fest einreden, daß man nicht die ist, die man ist. Fremdheit annehmen. Betteln heißt in eine andere Haut schlüpfen, eine Rolle übernehmen, theaterspielen, Auftritte inszenieren, auf Kommando weinen, sich schlimme Geschichten ausdenken, die überzeugen. Betteln ist Wegnehmen mittels Phantasie. Ich wußte gar nicht, wie begabt ich bin. Nach dem Auftritt sofort ablegen der fremden Rolle, den Erfolg feiern, ein paar vertrocknete Brotkanten, etliche angehackte Kartoffeln, selten ein Tütchen Mehl. Genug zum überleben.

Zurück ins Lager. Im Wald, auf einem Baumstumpf sitzend, den Gewinn anstaunen, zählen, vier gerechte Teile daraus denken, kein Bröckchen anrühren, den Erfolg ja nicht schmälern. "Her damit", sagt Großvater, "das kann man alles tunken." "Du hättest von der Artillerie getroffen werden können", gibt Mama zu bedenken. Ich erinnere mich, da waren Einschüsse im Wald, nicht weit von mir. Tiefflieger über der Landstraße, das werde ich ihr nicht erzählen. Erfolgreich, wie ich nun einmal bin, wollen sich mir andere Kinder anschließen, das umgehe ich. Unternehmertum läßt sich nicht gern in die Karten gucken.

Meine Karten werden immer besser. Am meisten geben deutsche Soldaten. Sie sind auf dem Rückzug von der Front. Die Landstraße, auf der ich zu den Bauern will, einmal völlig zugefahren von Lastern. Im Schneckentempo geht es voran nach rückwärts.

Plitz-plauts habe ich die Idee mittels schlauer Phantasie sie zu bewegen, mit mir ihr Brot zu teilen. Soldaten mögen Kinder. Einer spornt mich an, meine Erzählung so weit wie möglich auszuspinnen. Mit seiner Hilfe rauf auf den Laster, platzgenommen zwischen den Männern und reden, reden, solange bis gurgelnd lautes Lachen ertönt. "Wie wäre es, wenn du zur Abwechselung mal die Wahrheit erzählst", wird vorgeschlagen. Können sie haben.

Ich erzähle die Wahrheit: Daß wir Breslau lieben, daß wir ums Verrecken uns von dort lieber nicht fortbewegt hätten, weil wir beinah dabei umgekommen wären, daß Bombenterror, das Grausamste ist, was der Mensch erfahren kann, daß wir jetzt im Lager leben, wo es stinkt und mieft und nichts zu essen gibt. Sie schenken mir einen Riesenvorrat Knäckebrot, Käse und Büchsenfleisch. Deutsche Soldaten auf dem Rückzug von dem Feind sind weich, empfindsam, und lustig sind sie auch. Man muß ihnen auf der Landstraße begegnen. Sind sie erst in der Stadt, dann hängen ganze Kinderscharen wie saure Trauben an ihren Fahrzeugen, da ist nichts zu holen. Ein besiegter Soldat ist kein "Lebensmittelscheißer".

12. Kapitel: Milch auf Rezept – oder der verspielte Friede

Markneukirchen wie entsorgt von deutschen Soldaten. Zurückgezogen in das Hinterland oder vorge-
rückt an die Kampffront. Beides in naher Umgebung von uns. Wieder ein Lagermensch werden.
Lagermenschen sind nervös, depremiert und un-
verträglich, sie kehren ihr Unangenehmes nach
außen, weil ihnen das Angenehme nicht mehr
einfällt; Kinder machen da keine Ausnahme.

Eva, Sonderurlaub vom Streiten. Sie kann sich
kaum noch auf ihren Spinnenbeinen halten.
Blauaugenrändig, wachsbleich liegt sie im Stroh. Im
Raum riecht es abscheulich säuerlich, irgend-
welchen Dreck erbrochen, vermutlich die Rüben-
schnitzel von gestern. Großvater und Mama lernen
tapfer aneinander vorbeisehen. In Breslau haben
sie sich nie gestritten, jetzt, als wäre da ein Nach-
holbedarf.

Eben ging es um Zeit vor meiner Zeit, als
Großvater noch immer am besten wußte, wo es für
alle lang ging und meine Lebensdirigentin ein
unterdrücktes, hilfloses kleines Mädchen war.
Schade, sie so kennenzulernen, hätte mir schon
Spaß gegeben. Leider lernt man nur das kennen,
was daraus geworden ist. Ihre Jugend, welche
Überraschung – Strafkolonie mit einer Festung aus
Verboten. "Nicht mal Tanzen gehen war erlaubt,"
schreit sie so laut, daß ich annehmen muß, sie hofft
von Gott und aller Welt Anteilnahme für ihre
versaute Jugend.

Großvater darauf hysterisch lachen, weil kein Fünkchen Erinnerung daran ist, daß auch nur eine seiner sechs Töchter tanzen konnte.

Wir haben auch in diesem Flüchtlingslager einen Fensterplatz, rechts außen, gegenüber von der Eingangstür. Großvater hat sich ein Schultischbänkchen, wie es früher für Schüler erster Klassen bestimmt war, organisiert (Tisch und Bank fest miteinander verbunden, sitzen wie in einem Bahnabteil mit Tisch). Beine mächtig in Richtung Bauch ziehen, dann kann er darin sitzen. Es steht unmittelbar vor einem der hohen Fenster. Nach dem Streit hat er sich dorthin geflüchtet. Ellenbogen auf den Tisch gestützt, schaut er unentwegt nach draußen. Ein bißchen fremd ist er mir geworden. Dauernähe kann Fremdheit erzeugen.

Großvater aus damaliger Sicht: Kleiner, eisgrauer Kopf, hohlwangig, kräftiger weißlippiger Mund, struppiger Schnurrbart, (seine Schnurrbartbinde*) in Breslau gelassen), faltiges Vogelhälschen aus einem überstrapazierten, dunkelblauen Anzug kommend; verschlossen oder reizbar, eben ein armer, alter Mann. Ich darf gar nicht daran denken, wie das vor dem war – aufsichhalten, um von sich etwas zu halten, nicht mehr so wichtig.

Mama dabei, ihre Wut im Gesicht zu verstecken, eisenharter Blick, verräterische Röte. Besser ihr aus dem Weg gehen!

*)Hautfarbenes, festes Teil aus Gewebe oder Leder, wie Lockenwickel nur für Stunden getragen, den Bart in Form bringend.

Aus dem Weg ist nirgendwo, deshalb in Bewegungsarmut fallen, ein Zustand, der mir fast immer mißlingt .... Ich sitze auf dem Strohlager, versuche blöd, drei Strohhalme in Eins zu flechten. Sie wendet sich mir bestürzt zu. "Nu fange du auch noch an zu kotzen." Sie beschließt, ihre Wut in den Frühling zu tragen. Damit ich gesund bleibe, darf ich sie begleiten.

Wir wollen den Raum verlassen, eine Frau verstellt uns den Weg. "Vorher wird ihr typhuskrankes Kind nach unten gebracht." Im Erdgeschoß sind die Quarantäneräume. Wer noch nicht krank ist, hat die Aussicht, es dort zu werden. Großvater – aus dem ersten Weltkrieg Erfahrung mit Typhus – springt aus seiner Sitzhaft vor dem Fenster: "Noch ein Wort und es passiert ein Unglück." Das Unglück hält er in Form eines Brotmessers in der Hand. "Beruhige dich, Vatel", Mama faßt ihn liebevoll am Arm. Wut hat Gelegenheit, sich in einen Tränenstrom zu verwandeln. Mit der heulenden Mama verlasse ich das Lager.

Zur Innenstadt. Es geht bergab. "Hier möchte ich nicht wohnen", seufzt sie, "immer nur geht es bergan oder bergab." Ich erschrecke, denn ich kann der waldreichen Gegend viel abgewinnen. Erst Jahre später werde ich sie verstehen. Ihre Abneigung, nur ein Versteck für ihre Sehnsucht nach der Stadt an der Oder, nach Breslau.

– Mit den Jahren wuchs auch meine Sehnsucht und damit die Gefahr, unverständliche, schwer durchschaubare Abneigungen zu bekommen. Nirgends recht heimisch werden können, Schicksal der Vertriebenen.

Es ist schon so, einmal vertrieben, immer vertrieben. Überschwemmung an der Oder, Land unter! Was kann ich dafür, daß ich die Menschen dort, weil sie um die Heimat bangen können, beneide.

Bergan! Mamas Tränen noch immer abwärts rollend. Eine Frau kommt uns entgegen. Groß; markante schöne Gesichtszüge, breite Wangenknochen, warme braune Augen, schwarzhaarig, vermutlich wenig älter als Mama. Sie heißt "Wunderlich", ein häufig in der Gegend anzutreffender Name, zu ihr paßt er ausgezeichnet. Sie hat soviel Herzlichkeit und "Helfenwollen-Elan" für uns, daß Mama gleich noch tiefer in den Brunnen der Verzweifelung fällt. Häufigster Tränenflußgrund, die Unsauberkeit im Lager. "Nicht mal richtig waschen kann man sich dort." Sie schluchzt, als stürze der Himmel ein.

"Nicht-waschen-können, da läßt sich leicht Abhilfe schaffen", sagt die Frau. Wir werden mitgenommen. - Mitgenommenwerden, für Mama die Rettung. Danach habe ich sie, Zeit unseres Lebens, nie wieder so verzweifelt gesehen.

Enge Straße, kleine schiefe Häuser, mittelalterlich an- einander geheftet, kaum Gehweg. Ein Fellungetüm von Schäferhund bellt außer rand und band von einem Fenster. Wir drücken uns die Daumen, daß es um Himmelswillen nicht zu Frau Wunderlich gehört. "Das ist Asta", stellt sie vor. Unheimlichkeit kriecht unter unsere Haut. Wir haben die Angst gelernt - in dem Tempo, wie uns das Schicksal schwach machte. Das sich heiß bellende Monster jagt das Gelernte ins Bewußtsein.

Erdgeschoßwohnung, keine Diele, vom Hauskorridor direkt in die Stube, die zugleich Küche ist. Von hier abgehend zwei kleine Schlafkammern. Eine für Frau Wunderlich und Tochter Ilse, die wir bei einem späteren Besuch kennenlernen, eine für Claudia, eine steinalte Frau, die Pflegemutter von Frau Wunderlich, jetzt selber Pflegefall: Blind, taub, gehunfähig, strähniges graues Haar. Ein zusammengeschrumpftes "Menschen-etwas", das dreimal am Tage zwischen Bett und Eßtisch hin- und hergetragen wird, um an etwas teilzuhaben, wofür es kaum eine Regungsmöglichkeit zeigt. Eine Mischung aus Furcht, Ekel und Mitgefühl in mir ist schuld, daß ich mir alle Mühe gebe, dort nicht hinsehen zu müssen.

Wir erfahren, daß dieses "Abfallbündel-Mensch", früher eine große, starke Person war, die immer wußte, was sie wollte und besser prügeln konnte als manch andere Mutter. Das war, als Frau Wunderlich ein Waisenkind war, das froh sein mußte, für einen Menschen Bedeutung zu haben.

Bald wird eine schwere, schwarze Holztruhe im Hauskorridor stehen, und Mama wird mit einer Stimme, die mir erschreckend fremd, kalt und zugleich verheißungsvoll klingt, nur ein Wort sagen, "Claudia". Meine Erkenntnis, der Tod im Frieden, muß gar kein Tod in Frieden sein, die Zerstörung ist unumgänglich. Auch die des Bösen.

Mama kann sich waschen, in einer weißen Emailleschüssel. Rostflecke drin, aber reinlich. Wasser vom Herd. Mißtrauischer, scheeler Blick auf Asta, dann hängt sie ihre schwere Brust in die Schüssel.

Schöner, weißer Rücken mit nur wenig braunen Tupferchen. Ich schaue gespannt und nicht ohne Sorge auf den Schäferhund, der mir im Augenblick ins Riesenhafte wachsen will. Mich ausziehen vor dem Köter, niemals hätte ich es fertiggebracht. Es passiert nichts. Kein lautstarkes Bellen, kein Zeigen seiner kräftigen Reißzähne, kein raubtierartig-hungerbesessenes sich auf Mama Stürzen, geballte Ruhe, außerordentliche Friedfertigkeit. Er hat tiefbraune Augen, von denen ich glaube, daß sie unentwegt den Waschvorgang verfolgen. Ein Hund wie von einem anderen Hundestern.

Ich glaube, in seinem Herzen ist in dem Augenblick etwas erwacht, was keiner von uns je Mama entgegen brachte, spontane Zuneigung und Liebe, unerklärlich sonst, seine ungestüme Freude über ihr Auftauchen bei allen unseren folgenden Besuchen. – Ihre höchst erstaunliche Antwort: Erstmals keine Bange vor großen Zähnen.

Wir bleiben zum Essen. Es gibt Erdäpfelschalen mit Brennesselspinat. Erdäpfelschalen, bin gespannt, was das wohl ist. Es schmeckt ausgezeichnet. Kuchen kann man auch daraus backen, die Schalen trocknen und in der Kaffemühle zu Kartoffelmehl mahlen. Frau Wunderlich wird uns davon überzeugen, aber dann müssen das Evchen und der liebe Opa mit von der Partie sein. Nach dem Krieg hatten wir Gelegenheit, für die uns entgegengebrachte Herzlichkeit und Freundschaft in besonderer Weise zu danken. Irgendwann werde ich darüber berichten.

Am nächsten Tag braucht Eva einen Arzt. Ihr Zustand ist so bedenklich, daß wir glauben, sie hat gleich mal Lust zu sterben. Ein Rezept muß her. Wir trauen unseren Augen nicht: vierzehn Liter Milch verschreibt der Doktor. Eva kommt damit auf die Beine, und ich darf mich erinnern, daß Milch süßlich schmeckt. Milchdurchflossen übt sie mit nervender Geduld auf dem Schifferklavier das Lied. "Brüderlein fein, Brüderlein fein, mußt nicht traurig sein".

Marktneukirchen hat Ausverkauf gemacht. Wir sind alle Besitzer hochfeiner Musikinstrumente geworden. Jetzt spielt ein jeder im Raum seine Melodie, indes rollt hoch zu Panzer der Amerikaner in die Stadt. Schwarze sind auch darunter; Schwarze Siegermächte, die uns nicht beachten, für die wir keine Bedeutung haben. "Wir sind wir, und wir gehören zu den Überlebenden", Mama hat das schon lange nicht mehr betont. Überleben, man darf neugierig sein, was das wohl bringt.

Jetzt geht es nach Breslau, glaubt Großvater. Er gehört zu den ersten, die sich auf den Rückweg begeben. Es gibt eine Richtungsänderung, ich sprach schon davon. Tod heißt die Richtung.

Wir wollen den geordneten Abtransport in die Heimat abwarten. "Mit zwei Kindern nicht noch einmal ins Ungewisse", sagt Mama. Nicht nur Großvater, auch vielen anderen wird die Rückreise zum Verhängnis. Der Friede, soeben angefangen, für sie verspielt. Denn den Eiligen und den Nichteiligen gehört der Tod, die ersteren erreichen das Ziel oft schneller. Abwarten, vordem Großvaters Stärke, verlorengegangen. Warum nur?

Epilog

Wir hätten Großvater zurückhalten müssen. Was war mit uns, was war mit Mama geschehen. Je näher wir im Lager, in Bombennächten zusammenrückten, desto mehr entfernten wir uns von ihm. Sein einmaliges, kostbares Leben verlor er, verloren wir dabei! Mama, früher die von sechs Töchtern bevorzugte, hatte zu der Zeit wenig Einfluß auf ihn. Eine Fülle von Gereimt- und Ungereimtheiten führten ihn weg von uns: Sehnsucht in die Heimat! Mitgerissensein von einem Strom Rückkehrwilliger! Erwachter Lebensmut angesichts glücklichen Überlebens! Ein Sichhinwegtäuschen über eigene Kräfte! Das Grab seiner Anna! Zuhause sterben! Wir haben nicht ohne Selbstvorwürfe leben können. Auf Freuden, die wir später ohne ihn hatten, legte sich ein Schmerz. Sein Nachlaß wurde zur Tochter Klara auf den Kirschberg nach Rammenau gebracht, ich sprach von ihr. (Die einzig feste Adresse in dieser Zeit für ihn.)

Sein Nachlaß:
Ein kleiner Stadtkoffer, seine Kennkarte, ein ramponierter Sonntagsanzug, sechs silberne Kaffeelöffel, die Schlüssel zu seiner in Breslau vollständig erhaltenen hübchen Wohnung, wenige Fotografien von uns und von seinem einzigem Sohn – in Rußland gefallen, dessen Kennkarte.

"Ich habe es nicht glauben wollen", schrieb uns Tante Klara, "unser armer guter Vater."

Wie Deutsche, vor allem deutsche Kinder, im zweiten Weltkrieg Opfer wurden, davon wird erzählt. Es ist der Begriff Tätervolk, der in der Vergangenheit dazu führte, vom Leid deutscher Kinder abzulenken; er ist umstritten und steht im Verdacht sich an faschistoides historisches Denken anzulehnen. So wie es kein Herrenvolk gab, so gibt es auch kein Tätervolk. Eine differenzierte Geschichtsbetrachtung tut Not.

Annerose Schlesinger

Aus Leserzuschriften:

. . . die ganze Anlage des Buches ist gut durchdacht und läßt keine Langeweile aufkommen. Die Personen werden gut geschildert, man erlebt mit ihnen die Vertreibung hautnah. Der Schreibstil ist gekonnt und modern. Trotz des ernsten Themas werden die Erlebnisse des Kindes sowohl nachdenklich als auch humorvoll geschildert. Besonders gut finden wir auch die bildhafte Sprache, die z.T. mit widersprüchliche Empfindungen verbunden wird

Dr. habil. Dannhauer Baden-Baden